この世の花

佐々木裕一

時代小説文庫

角川春樹事務所

目次

登場人物紹介

花《はな》　明けて十四歳となったいたいけな少女。真島家の四女。

ふき　花の母。兼続が唯一惚れて娶った妾。

真《ま》島《しま》兼《かね》続《つぐ》　花の父。徳川譜代の名門、七千石の旗本家当主。

藤《ふじ》　兼続の正妻。旗本北条家に嫁いだ長女・菊《きく》（二十歳）と次女・桜《さくら》（十六歳）の母。

瑠《る》璃《り》　一ノ部屋様と呼ばれる兼続の妻。長男・一成《かずなり》（十八歳）、四女・霞《かすみ》（十五歳）を産んだ。

富《とみ》　二ノ部屋様と呼ばれる兼続の妻。三女・楓《かえで》（十六歳）の母。

青《あお》山《やま》信《のぶ》義《よし》　九千石の大身旗本・青山甲斐守の長男。一成の親友。

保《ほ》坂《さか》勇《ゆう》里《り》　保坂左近衛少将の長男。一成の親友。

瀬《せ》那《な》　有里の母。将軍家に縁があり、厳しい。

第一章

母のぬくもり

一

「花《はな》、父上からいただいた簪《かんざし》が、とても良く似合っていますよ」

母親のふきに褒《ほ》められた花は、新しい簪や鏡に映る自分の姿よりも、母に髪を結《ゆ》ってもらえる喜びのほうが大きかった。

身体《からだ》が弱いふきと元旦《がんたん》の行事に出られるのは、三年ぶりだ。

「さ、できましたよ。こちらを向いて」

振り向いた花は、優しい笑みを浮かべている母の鬢《びん》から一本ほど髪の毛が垂れているのを見つけて、自分の鬢付け油を手に取り、櫛《くし》でなおした。

痩《や》せた頬《ほお》にえくぼを作って微笑《ほほえ》む母に、花も微笑み返す。

「着物もすてきね」

満足そうな母に応じて、花は回って後《うし》ろ姿も見せた。

正月に新調する袷《あわせ》の着物と打掛《うちかけ》は、今年も花が好きな赤を基調としたもので、打掛は吉祥花の模様が艶《あで》やかだ。聡明でしっかりしている花だが、明けて十四歳になったばかりで、まだ無垢《むく》な面持《おもも》ちをしている。新調した着物は、そんな花に良く似合っているのだ。

ふきは、少し背が伸びた立ち姿を見て、自慢の娘だと言って目を細めた。

「さ、遅れないようにまいりましょう」

「はい」

母と手を繋《つな》いだ花は、苔《こけ》むした裏庭に面した廊下《ろうか》を歩いて表に行くと、新しい草履《ぞうり》を履《は》いて表に出た。竹の垣根に囲まれている花の家は、市ケ《いちが》谷《や》御門外の牛込《うしごめ》台地にある、旗本屋敷の一角にある。

ふきが本宅と呼ぶ母屋《おもや》は、石畳の小道を歩いた先にあり、その途中には同じような平屋が二軒ほど並び、それぞれ垣根に囲まれているため、門から入らないと中を見ることはできない。

花が母と暮らす家を含め、これらはすべて、妾《めかけ》とその子供たちのために、当主の真《ま》島兼続《しまかねつぐ》が屋敷の敷地内に建てたものだ。

花の父である真島兼続は七千石の旗本であり、徳川《とくがわ》譜代の名門だけに、牛込台に与えられた屋敷は八千坪を超えている。

　敷地は広いものの、花が母と暮らす家は母屋からそう離れているわけではない。だが、寒空の下を歩く母の姿はまだ弱々しく、花は心配になった。

「母上、辛《つろ》うないですか」

「ええ、今日は気分が良くて、身体が軽い気がします。遅れるといけないから急ぎましょう」

　花は痩せた母の手を離さず、気を使って歩いた。

　ふきにとって、正妻が暮らす母屋は敷居が高い。

　それでも今日だけは行かなくてはならず、内門から入った。広々とした敷地が開け、御殿造りの大きな母屋が威厳を放っている。

　花は奥御殿の台所にはいつも来ているが、父親が政務をする表御殿に来ることは滅多になく、前に来た時は、庭の銀杏《いちょう》の大木が葉を落として地面が黄色に染まっていた。だが今は枝のみで、周囲の庭木も葉を付けていないため殺風景だ。そのせいか、黒瓦《くろがわら》と漆喰壁《しっくいかべ》の表御殿が、花の目にはやけに、近寄りがたい存在に映るのだった。

　無意識に足を止めていた花は、母に手を引かれて顔を向けた。

「また、いやなことを言われないでしょうか」

ぼそりとこぼす花に、ふきは朗《ほが》らかに言う。

「わたしは大丈夫だから、心配しないの」

手を引かれて表御殿に行くと、待っていた若党が驚いた顔をして頭を下げた。

「急がれませ」

花は、不思議なことを言われると思った。今年はいつもより半刻《はんとき》（約一時間）遅いはじまりであり、にもかかわらず、母は、去年と一昨年は身体の調子が悪く出られなかったため、誰《だれ》よりも早く行って皆様を迎えようと張り切っているのだ。

ところが若党の大林小弥太《おおばやしこやた》は、すでにはじまっていると言うではないか。

花は、また騙《だま》されたと思い気が沈み、母を心配した。

ふきは蠟燭《ろうそく》のように顔から血の気を引かせて、花の手を引いた。

脇《わき》の戸口から上がった母子《おやこ》は廊下を歩き、正月の行事がおこなわれる大広間へ急いだ。

真島家は、重臣から下働きの者まで、総勢八十八人を抱える。

優しい兼続は元旦には必ず、すべての奉公人を大広間に集め、新年の賀辞を述べたあとでお屠蘇《とそ》と雑煮を振る舞うのだが、花はこの行事が苦手だった。母親が肩身の狭い思いをさせられる場面を何度も見て育っているためだ。

そして今年も、してやられた。

刻限を知らせに来た侍女のお辰《たつ》は、正妻の藤《ふじ》付きの者であるだけに、言い含められていたに違いないのだ。

そのお辰が、大広間から出てきた。

ふきと花を見ると立ち止まり、意地の悪そうな顔で口を開く。

「今、お迎えに上がろうとしていたところです。刻限をお守りいただかないと。お伝えしたわたしが叱《しか》られてしまいました」

大広間の者たちに聞こえる声で言ったお辰は、身を引いて場を空け、入るよう促《うなが》す。

ふきに付いて花が行くと、大広間には奉公人たちも揃《そろ》っており、一斉に注目を浴びた。その目つきは冷たく、花は背筋に鳥肌が立つ思いだ。

廊下に正座したふきは、平伏した。

「遅れて申し訳ありませぬ」

母の後ろで正座した花は、父兼続に助けを求める目を向けた。

それに応じるように、兼続が皆に向く。

「揃ったところで、はじめるといたそう」

「お待ちなされ」

強い口調で遮《さえぎ》ったのは藤だ。上座の中央に座る兼続の左下に正座している藤は、花の目には意地の悪い白狐《びゃっこ》に見える。

花は藤が笑った顔を見たことがなく、細い目の奥にある鋭い眼差《まなざ》しを向けられると、身が縮む気持ちになり、つい目をそらしてしまう。

その藤の下手には、一ノ部屋様と呼ばれている瑠璃《るり》がいる。

瑠璃は、遅れて来たふきと花を心配そうな顔で見ており、いつもの美しく明るい笑顔は消えている。

瑠璃の下手には二ノ部屋様と呼ばれる富《とみ》が座り、藤と瑠璃にくらべると派手《はで》な色合いの着物を着ており、化粧《けしょう》も濃い。

富は、遅れたふきを責める藤の言葉にいちいちうなずいて、紅《べに》をさした唇《くちびる》を片笑ませている。

お辰が誤った刻限を知らせたせいだと言い訳をしない母を守るために、花は口を開いた。

「お言葉ですが奥方様、昨日確かに、はじまりは例年より半刻遅くなるとの知らせをお辰殿から受けてございました。母は悪くありませぬ」

「黙らっしゃい！」

金切り声をあげた藤は、目をつり上げて花を睨《にら》んだ。

「真島家が代々続けてきた元旦の行事を変えるはずがありませぬ。遅れておいて侍女のせいにするとは、底意地の悪いにもほどがあります」

反論しようとする花を止めたふきが、背中に庇《かば》って、藤にひれ伏した。

「聞き間違えたわたしが悪いのでございます。どうかお許しください」

「許しませぬ」

「まあまあ」

憤《いきどお》る藤を兼続がなだめ、皆に告《つ》げた。

「ふきは久しぶりに床上《とこあ》げをしたばかりゆえ、大目に見てやってくれ。今日は無礼講じゃ。心ゆくまで食べて飲んで、今年も一年息災に、当家のために力を貸してくれ」

一同が表情を引き締め、兼続に平伏したことで、藤の責めはうやむやに終わった。

小者《こもの》たちはお屠蘇と雑煮をいただきに、台所に近い部屋に下がっていった。

侍衆は大部屋に残り、兼続の家族と共にお屠蘇を飲み、お節料理をいただくのが恒例だ。

にぎやかに祝賀の宴《うたげ》がはじまると、肩身が狭い思いをしているふきのところに瑠璃が来た。

「そこは寒いから、おいでなさい。花も、姉上たちのところへ。さあ早く」

従う母を見送った花は、姉たちがいるところへ行った。

正室の藤が産んだ娘は、長女の菊《きく》と次女の桜《さくら》だ。

瑠璃が一ノ部屋様と呼ばれるのは、跡継《あとつ》ぎの長男一成《かずなり》と四女の霞《かすみ》の母親だからだ。

その瑠璃がふきを隣に座らせるのを微笑ましく見ている富の子供は、三女の楓《かえで》だ。

長女の菊は旗本の北条《ほうじょう》家に嫁《とつ》いでいるためこの場にいないが、桜と楓は十六歳、霞は十五歳と年が近いため、こうして集まれば自然とにぎやかになる。

家来たちを家族のように可愛《かわい》がる兼続は、年に一度、元旦に一同を集めて新年を祝い、家の結束を高める真島家のしきたりを何よりも大切にしている。

その大事な日に、

「遅れてくるとは何ごとですか」

藤は、宴を終えた兼続が、祝賀のために登城したあとで蒸し返し、ふきを叱責《しっせき》した。

「罰《ばつ》として、許すまで庭で反省しなさい」

不機嫌《ふきげん》に言いつけ、奥御殿に下がってしまった。

正妻には口出しできぬとばかりに、富と瑠璃は自分の家に引き上げた。

花は、三人の姉から羽子板《はごいた》遊びに誘われていたが、罰を受けた母を置いて行くわけもなく、そばに寄り添った。

筵《むしろ》も敷かれず、玉砂利《たまじゃり》の上に正座した母子は、大広間の片付けをする下女たちの目にさらされた。

「商人の娘が殿のご寵愛《ちょうあい》を受けているのが、奥方様は気に食わないのね」

「成り上がり者」

「でも、五女様は殿のお子なのに、可哀《かわい》そう」

噂《うわさ》をする声が耳に届いても、ふきは怒るでもなく、下を向いて罰を受け続けている。

花も、そんな母を見習って文句のひとつも言わず、ただただ、身体を心配するのだった。

大広間の膳《ぜん》がすべて下げられ、掃除が終わっても、許しは出なかった。

花が空を見上げてみれば、いつの間にか、どんよりとした雲が青い空を隠しており、風も吹いてきた。

暦《こよみ》では春といっても、外でひざまずいている身には、北風が刺すように冷たい。

花は母の身を案じて、打掛を脱《ぬ》いで掛け、背中から抱き付いた。

「こうすれば、少しは温かいですか？」

「わたしは大丈夫だから、お前は帰っていなさい。風邪《かぜ》をひけば、父上が心配されますから」

「それは母上も同じです」

優しい父を悲しませぬため、何よりも母の身を案じた花は、庭を急いで奥御殿に行った。

渡り廊下の下を潜《くぐ》り抜け、緋鯉《ひごい》が優雅に泳ぐ池のほとりを進んだ花は、藤の部屋の前でひざまずいた。

「お願いでございます」

羽子板遊びから戻った桜と談笑をしていた藤は、声を張る花に対し、あからさまに疎《うと》んじた表情をする。

「なんです大声を出して、はしたない」

「母をお許しください。このままでは、また病になってしまいます」

「ふき殿がどうしたというのです」

言った藤は、はっとした顔をして縁側に出てきた。

「まだひざまずいているのですか」

「はい」

「もうとっくに許したと言うのに、何をしているのです。身体を壊したら、わたくしが殿に叱られるではありませんか！」

　しかめっ面《つら》で金切り声をあげる藤に、花は恐れず訴えた。

「お許しをいただいておりませぬから、こうしてお願いに上がっています」

「この子は言いがかりをつけるつもりかしら。許したと言っているでしょう。早く下がって、ふき殿を連れて帰りなさい！」

　花は頭を下げ、急いで母のもとへ戻った。

　庭から人を呼ぶ声がしたのは、花が表御殿の角を曲がる前だった。足を速めて庭に行くと、母が倒れており、一成が介抱していた。

「母上！」

　駆け寄る花に大丈夫だと言ったふきは、気だるそうな顔をして起き上がろうとした。手を貸した一成が、冷え切っているはずのふきの身体が熱いと言い、額に手を当てた。そして、心配そうに言う。

「高い熱が出ています」

「持病だから、騒がないで」

　立とうとするふきを肩で支えたところへ、一成の声に応じた小者たちが来た。

　ふきは一成の手助けを断り、皆に微笑む。

「まだお許しが出ていませんから、お下がりなさい」

「お許しはとうに出ていたそうです」

花が涙声で訴えると、一成が険しい顔をした。

「奥方様には困ったものだ」

ふきは花の悔しさを察したらしく、肩に置いていた手に力を込めてきた。

「そういえば、声が聞こえたような気がします。ともあれ、お許しが出たのなら帰りましょう」

「でも母上……」

「今日は、聞き間違いが多いですね」

花に不服を言わせぬふきは、一成にそう言って笑うと、重そうな足取りで歩みを進めた。

「送ります」

「大丈夫、花がいますから」

気にかけてくれる一成に、ふきは頭を下げた。

一成は心配そうな顔で花を見てきた。

「薬はあるのか」

「はい」

「では、しっかりな」

うなずいた花は、母を支え、気遣いながら歩みを進める。いつもの小道なのに、今日はやけに遠く感じる。

身を寄せ合って家に帰り、母を臥所《ふしど》に連れて行った花は、床上げをした喜びは束《つか》の間《ま》だったと肩を落とす思いだが、顔には決して出さぬようにして布団を敷いた。

横になったふきは、やはり無理をしていたのだろう。辛《つら》そうな顔をして目をつむり、寒いと言った。

花は外障子を閉めて火鉢の灰に埋《うず》めていた種火を出すと、炭を増やして鉄瓶を載せ、湯を沸《わ》かして部屋を暖めた。

表でおとなう声がしたのは、部屋がようやく暖まった頃《ころ》だった。外はもう、暗くなりはじめている。

花が返事をして表に出ると、戸口から瑠璃が入ってきた。両手で土鍋《どなべ》を持っている。

「重いから、気を付けて」

差し出されたのを花が受け取ると、腕にずしりときた。

瑠璃が優しい笑みを浮かべる。

「おふきさんはどう？」

家では親しみを込めてそう呼ぶ瑠璃に、花はうつむいて答える。

「熱が高かったのですが、薬が効《き》いて、今やっと眠ったところです」

「そう。また長引かないといいわね」

心配そうな瑠璃は、上がるわよ、と言って草履を脱いだ。

「おなかがすいているでしょう。すっぽんと人参《にんじん》で取った出汁《だし》でお粥《かゆ》を炊《た》いたから、おふきさんと一緒に食べなさいね」

「ありがとうございます」

「ちょっと顔を見たら、帰るから」

瑠璃はそう言うと、奥の襖《ふすま》をそっと開け、ふきの寝顔をうかがった。

「顔色は前にくらべると良いようだから、きっと早く治るわね」

そう言いながら襖を閉めた瑠璃は、朝とは違う藍染《あいぞめ》の着物の袖《そで》袋から小さな木箱を出して、花に微笑む。

「これは紅丸丹《べにがんたん》という精が付く生薬《きぐすり》だから、朝と晩に一粒ずつ飲むといいわ」

「前にいただいた物とは違うのですか」

「あれよりずっと良いから、おふきさんもすぐ起きられるようになるわよ」

「いつもありがとうございます」

「家族なんだから、水臭いこと言わないの」

鼻をちょんとつつかれたので花が微笑むと、瑠璃は嬉《うれ》しそうな顔をした。

「笑うと可愛いんだから、暗い顔をしたらだめよ」

大きな目を招き猫のように細める瑠璃の笑顔は、いつも花の気持ちを穏やかにしてくれる。

そこへ兼続が来た。慌てた様子の兼続は、ふき、ふきと声をかけながら廊下を歩いてきた。ふきの部屋の障子を開けると、頭を下げる瑠璃には目もくれず奥の部屋に行ってふきのそばに座り、額に手を当てて心配そうな顔をしている。そして苛立《いらだ》った顔を花に向けた。

「話は聞いた。この寒空の下で、長いあいだひざまずいていたそうだな」

「はい」

「藤は確かに罰を与えたが、病み上がりを考慮《こうりょ》して四半刻《しはんとき》（約三十分）で許したと言うておるが、どういうことじゃ。ふきは意地を張ったのか」

花は激しく首を横に振った。

「誰も教えに来てくれませんでした」

　すると兼続は、瑠璃に顔を向けた。怒気を含んでいる。

「そなたがいながら、何ゆえ止めなかった」

　瑠璃は平伏した。

「新年早々に罰を与えられるのはさすがに厳しすぎると思いましたものの、藤殿には逆《さか》らえませぬ」

「一成の生みの親であるのだから、あの癇癪玉《かんしゃくだま》を抑えるくらいの働きをせぬか」

「お許しください。せめてものお詫《わ》びの印に、精の付く粥と生薬を持ってまいりましたから」

　瑠璃は声を震わせて請《こ》うた。

　おなごの涙に弱い兼続は、困り顔をする。

「どのような薬を持って来たのだ」

　花がすぐさま渡すと、中を見た兼続は一粒つまんで匂《にお》いを嗅《か》いだ。

　つんと鼻を突く匂いがするはずだ。

　花はそう思いながら見ていた。

　首を傾《かし》げた兼続は、瑠璃の腕を取った。

「もうよい泣くな。頭を上げよ。それより、この薬はまことに効くのか」

瑠璃は手のひらを差し出して兼続から粒を受け取ると、穏やかに答えた。

「わたしの身体を案じて父が送ってくれたものです。月のものの時は身体がだるくて仕方なかったのですが、これを飲みはじめてからは楽になりましたから、ふき殿も元気が出ると思います」

「そうか。では花、目をさましたら飲ませてやりなさい」

機嫌をなおした兼続は、どうして藤の許しがふきに伝わらなかったのかは、言及しない。

花がそこを問おうとすると、瑠璃が袖を引いて止めた。

ここで花が訴えれば、兼続は藤を問いただすに違いないが、ここから帰ってすぐ責めれば、ふきがそうさせていると藤は思い、また仕返しをするに違いない。

兼続が帰ってからそう教えられた花は、瑠璃の言うとおりだと飲み込み、頭を下げた。

「いつも気にかけてくださり、ありがとうございます」

「当然のことをしただけよ」

花は恐縮した。また来ると言って帰る瑠璃を表まで送り、つい癖《くせ》で、深々と頭を下げた。

「ほら、またそのように他人行儀《ぎょうぎ》にして。もうおやめなさい」

花が顔を上げると、瑠璃は明るい笑みを浮かべ、おなか一杯食べなさいと言って帰っていった。

腹がぐうっと鳴った花は、母を起こして一緒にお粥を食べようと思い、家に入った。

そこへ、兼続が戻ってきた。若党の大林小弥太に膳を二つ持たせている。

「飯をまだ食べておらぬのであろう」

兼続にそう言われて、花はうなずいた。

「調《ととの》えさせたゆえ、食べなさい」

居間に入ると、大林が膳を並べてくれた。器に少しずつ盛られた多種多様な料理が並ぶ膳は正月だからではなく、日頃からだ。これも、兼続の花に対する愛情の証《あかし》と言えよう。

兼続がふきの看病をするあいだに食事をすませた花は、臥所に行った。目をさましたふきに、兼続がお粥を食べさせているところだった。

仲睦《なかむつ》まじい両親を見ると嬉しくなった花は、優しい父のそばに行き、幸せそうな母に目を細めるのだった。

二

半月が過ぎた頃、ふきはようやく床上げをした。

嬉しくてたまらない花は、軽い足取りで母屋に向かっていた。台所で作られる朝餉《あさげ》を、母のために取りに行くのだ。

「お嬢様、まだ支度《したく》ができておりませぬし、食事はわたしがお持ちしますからお戻りください」

そう声をかけてきたのは、侍女のお志乃《しの》だ。

花は立ち止まって言う。

「いいのよ。母のためにわたしがそうしたいのだから」

台所に入らせないお志乃は、二十歳《はたち》の顔に迷惑そうな表情を浮かべて訴えた。

「それではわたしが叱られてしまいますから、お嬢様は家で待っていてください。すぐにお持ちしますから」

働きに厳しい藤をお志乃は恐れているのだ。

仕事を取ってはいけないと思った花は素直に従った。

「母は……」

「好物の蜂蜜《はちみつ》でございますね。心得ています」

お志乃は花が言わんとすることを先に口に出し、勝手口から入っていった。言うことを聞いて引き返していると、富の家から侍女たちが出てきた。三女の楓と富の朝食を届けた帰りに違いなく、花に軽く頭を下げて立ち去った。瑠璃の家にも、食事は侍女たちが届ける。先ほど門の前を通る時、届けに来ていたのを見ていた花は、母と自分のは、後回しにされているのだと思った。

藤がそうさせているに違いないが、ふきは文句ひとつ言わない。

「いただけるのだからそれで良いのです」

花にそう諭《さと》して、諍《いさか》いを起こさぬようにしているのだ。

お志乃が持って来た朝餉を食べていると、

「何か嬉しいことがあったのですか」

ふきがそう言った。

花は自分のことだと思い顔を上げたのだが、ふきが声をかけたのはお志乃だった。見ると、お志乃は驚いたような顔をして首を横に振った。

ふきは微笑む。

「今日は、信義《のぶよし》様が来られるそうですね」

「ち、違います。わたしそんな……」

「いいのよ。ここでは遠慮しなくて」

ふきが口にしたのは、九千石の大身《たいしん》旗本、青山甲斐守《あおやまかいのかみ》の長男のことだ。一成には親しくする友が二人おり、一人は保坂左近衛少将《ほさかさこんえのしょうしょう》の長男で少々放蕩癖《ほうとうへき》のある勇里《ゆうり》。そしていま一人が信義で、信義は文武に優れ、家柄《いえがら》も人格も良く、将来は必ず幕閣に名を連ねる若者とされ羨望《せんぼう》の的になっている。

その信義は、一成の無二の友であり、屋敷も近いとあって、暇《ひま》さえあれば訪ねて来るのだ。

お志乃は憧《あこが》れを抱いているようだが、身分をわきまえ、決してこの家以外では顔に出さない。なぜなら、藤に加えて二人の妾たちが、可愛い我が娘を青山家の若君に嫁がせたいと願い、あれやこれや、手を尽《つ》くしているのを知っているからだ。

「遠くから、拝《おが》むだけでいいのです」

そう言って顔を赤らめるお志乃に、ふきは決して後ろ向きな言葉をかけないが、望みを持たせるようなことも言わない。

「今そなたが胸に抱いている気持ちは、生涯《しょうがい》の宝になるでしょうから、大切になさい」

お志乃は戸惑《とまど》ったような顔をしたが、意図を飲み込んだらしく、明るい顔で頭を下げて母屋へ帰っていった。

花は、唇をすぼめた。

癖を知っているふきが、叱る表情をする。花は考えごとがあると、ついこの表情をしてしまうのだ。

「変な顔をするのはおやめなさい」

「いけない」

唇を指でほぐす花に、ふきが問う。

「何を考えているのです」

花は気になっていることを告げた。

「兄上から聞いたのですが、信義殿はおなごにまったく興味がないそうです」

ふきは笑った。

「学問に励《はげ》んでいるそうですからね。でもそろそろ年頃ですから、意中の人がいても不思議ではないわ。一成殿に教えていないだけでしょう」

「ということは、一番お年が近い桜お姉様でしょうか」

「これ、妄言《もうげん》はおよしなさい」

花は首をすくめた。

「さ、早く食べなさい。今日は兄上に書を教えていただく約束でしょう」

「いけない、急がないと」

大口を開けてご飯を入れる花に、ふきはまた、これ、と叱りながらも、元気に育っている我が子を慈《いつく》しむ眼差しをしている。

両親の愛情を受けて育った花は、藤に辛く当たられても前向きな気持ちを忘れず、その明るい性格のおかげで、姉たちからは可愛がられていた。

それが救いだったのだが、年明けと共にひとつ年を重ねた娘の縁談を望む母親たちのあいだには、信義と花の仲を憂《うれ》える空気が広がっていた。

なぜなら信義は、一成が可愛がる花に優しく接し、書まで教えると言いはじめたからだ。

花のことをまだ子供だと思っている一成は、何も気にせず花を部屋に招き、信義と共に勉学をさせた。

元々書物が好きだった花は、外国に興味を持っている信義の話に目を輝かせ、海は広く、その先には日ノ本よりも大きな国があるのだと聞いて、胸を躍《おど》らせた。

「お伊勢《いせ》参りに行くのが夢ですが、今のお話を聞いて、他の国へも行ってみたくなりました」

身を乗り出して言う花に、信義は目をまん丸にしていたが、一成と顔を見合わせて、大笑いをした。

「何が可笑《おか》しいのですか」

恥ずかしくなった花が抗議すると、信義はあやまり、こう述《の》べた。

「何年か前に、長州《ちようしゆう》の吉田松陰《よしだしよういん》という者が亜米利加《アメリカ》に行こうとしたことがあった。それを聞いてわたしは、すごいことを考える者がいたものだと舌を巻いていたのだが、まさか、ここにも亜米利加に行きたいと思う者がいたとはな」

笑いながら言う信義に、花はまた身を乗り出して問う。

「そのお方は、行かれたのですか」

すると信義と一成は、笑みを消した。

信義が暗い面持《おもも》ちで言う。

「幕府に捕まり、罰を受けた」

一成が続く。

「行きたいと思うだけにしておけばよかったのだ。行動に移すのはまずい」

「いけないことなのですか」

問う花に、一成がうなずく。

「国禁だからな。厳罰に処される」

恐ろしいことなのだと知った花は、それでも外国に対する興味は冷めなかった。この屋敷からほとんど出た記憶がない花は、外の世界を見てみたいという好奇心が勝《まさ》るのである。

そんな花のことをよく知る一成が、信義に告げ口するような顔をして言う。

「花はとにかく外に出たくていけないのだ。どこにでも行ける世の中ならば、異国に行かせてくれと言っていただろうな」

信義は同情したような顔で花を見てきた。

「武家の娘は、屋敷から出辛いからな。そうだ、いい本があるぞ」

花は問う。

「どのような本ですか」

「異国ではないが、日ノ本中を旅した中矢《なかや》染四郎《そめしろう》という浪人が出版したもので、挿画も良く描けており、家にいながら旅をした気分になれる」

「わあ、見てみたいです」

無垢な十四歳の輝いた目を見て、信義は微笑んだ。

「ほんとうに、家の外に興味があるのだな」

武家の娘らしからぬ考えだと思われたと感じた花は、恥ずかしくなってうつむいた。

昼間の話を一成から聞いた兼続は、驚いて怒るどころか、

「花らしいな」

と言って、大笑いした。

一成も笑って言う。

「花は賢いゆえ、見聞を広めたいのでしょう」

「うむ」

兼続は、跡継ぎとして奥御殿に暮らさせている一成とこうして話をしながら一杯やるのを、一日の楽しみのひとつにしている。

二人がいる八畳の部屋は、奥御殿でもっとも庭の眺《なが》めが良く、あるじの兼続がくつろぐ場所だ。

愉快な話をしながらほろ酔い気分になっていたせいもあり、兼続はつい、本音を口にした。

「わしはお前の話を聞いて、常々思うことがあるのだが」

「なんでしょう」

「花を青山家にどうだろうな」

「え、花をですか」

「うむ。信義殿は、花に好意を持っておるのであろう」

一成は、いやぁ、と返答を濁《にご》した。

「どうでしょうね」

「これからは、そこを胸に留めて二人のことをよう見てくれ。脈がありそうならば、本気で考える」

「承知しました」

「このことは、わしとお前の秘密だぞ。特に藤には、知られてはならぬ」

「わかりました」

兼続は、親子の内緒話をしたつもりであったが、廊下から静かに立ち去る影があった。

その者は、長く暗い廊下を歩み、奥御殿のもっとも西側にある藤の部屋に向かっている。

明かりが灯《とも》されている部屋の前で正座し、

「ご報告がございます」

そう声をかけたその者は、許されて障子を開け、中に入った。

輿《こし》入れする時に実家から付き従ってきた侍女澤《さわ》の話を聞いた藤は、手に持っていた湯呑《ゆの》み茶碗《ぢゃわん》を荒々しく茶台に置いた。

憤然たる面持ちで、

「おのれふきめ、床上げをした途端に、夜な夜な殿を籠絡《ろうらく》しているに違いない」

我が娘可愛さと、夫の寵愛をもっとも受けているふきに対する嫉妬《しっと》が増した藤は、

「どうしてくれようか」

正妻としての力をどう使うべきか、思案を重ねるのだった。

ふきと花にとって、過酷《かこく》な人生のはじまりを予感させる出来事が起きたのは、その二日後だった。

突然の呼び出しで登城した兼続が戻り、家臣一同を大広間に集めて告げたのは、家を空けることだった。大坂《おおさか》城番の与力を命じられたのだ。

ざわつく家中の者たちを黙らせた兼続は、花が初めて見る険しい表情で言う。

「今、上方《かみがた》は騒がしゅうなっておる。それゆえ、わしは与力として、西国に目を光らせる役目を命じられた。出立は明後日ゆえ時がない。今から申す者は、すぐ支度にかかれ」

大坂に連れて行く者よりも、江戸に残す者を読み上げたほうが早いのではないかと思われるほど、ほぼすべての家来が命じられた。

そして慌ただしく時は過ぎてゆき、出立の前夜になった。兼続は正妻の藤を差し置いてふきと花の家で過ごし、別れを惜《お》しんだ。

ようやく床上げをしたばかりのふきは、気持ちを押し殺すことなく別れを寂《さび》しがった。

花はそんな母を見ていると悲しくなり、とめどなく涙があふれてくる。

兼続は、ふきと花の手をにぎって言う。

「二年は江戸に戻れまいが、わしの気持ちは常にここにある」

商家の娘だったふきと兼続が出会ったのは、偶然だった。二十年前の夏のとある日、まだ嗣子《しし》だった兼続が四谷《よつや》の剣術道場からの帰り道に驟雨《しゅうう》に見舞われ、慌てて商家の軒先に駆け込んだ時、親の使いで出かけていたふきも同じ軒先に駆け込んだのだ。

ふきは初め、兼続がいると思わなかったらしく、遠慮して雨の中に出ようとしたのを、兼続が止めた。

兼続は、ふきの美しさに魅了されていた。一目《ひとめ》惚《ぼ》れだ。

雨が止むまで共に雨宿りした兼続は、すでに正妻がいたのだが、また会いたいと思い、別れ際にどこの娘か訊《き》いて教えてもらった。その後は、日参に近いほど家に足を運んで口説《くど》いた。そしてついに、ふきの心を射止めたのだ。

翌年、当主になったのを機に、兼続は妾として迎えに行った。

屋敷には、藤と富、瑠璃の三人がいたが、

「親が決めた相手ゆえ、わたしが心から惚れているのは、そなたしかおらぬ」

兼続は本心を語り、ふきを娶《めと》ったのである。七千石の大身旗本だから、できたことといえよう。

以来今日まで、兼続の気持ちは変わっていない。

兼続は、ふきと花を抱いている腕に力を込めた。

「そなたたちを想《おも》い、役目の励みにいたそう。花、母を頼むぞ」

「はい」

「もう泣くな。戦に行くのではないのだ。二年後を楽しみに待て。そなたにとって、良い年にしてやろう」

花はなんのことかわからなかったが、父が帰ってきてくれるならそれでいいと思い、うなずいた。

「もう寝なさい。わしは、母と話がある」

素直に応じた花は、両親に頭を下げ、自分の部屋に戻った。

布団に入っても寝付けず、有明行灯《ありあけあんどん》の薄暗い明かりの中で寂しさを噛《か》みしめていた。父が母と語り合う低い声は、物心付いた頃からの子守唄《こもりうた》だ。だが今夜は眠れなかった。残された母のことが心配で、不安にもなったからだ。

ずっと朝が来なければいいと願ったが、外が白みはじめてゆく。

兼続は、家族と僅《わず》かな家来を残して、上方へ旅立っていった。

三

兼続が旅立ったその日、奉公人たちを大広間に集めた藤は、一成を筆頭に、残された者たちでしっかり家を守ろうと述べ、気を引き締めた。

その態度は、兼続がいる時にも増して尊大で、誰にも口答えを許さぬといった態度だ。

年老いた用人《ようにん》や、隠居が近い老臣などは居眠りでもしそうなほどゆったりと構え、藤にすべてまかせるといった態度をとっている。

縮み上がっているのが、女たちだ。

ひとたび睨まれれば、追い出されると思っているだけに、平伏して従う姿勢を見せている。

藤の独壇場《どくだんじょう》になったことで、花の胸騒ぎはその日のうちに現実となった。届けられた夕餉が、昨日までとは明らかに違ったのだ。

「殿の留守《るす》の間は、倹約が命じられました」

お志乃はつっけんどんな態度でそう告げると、花の質問を許さず帰っていった。

一汁一菜は珍《めずら》しいことではないにしても、白米は茶碗一杯のみで、味噌汁《みそしる》の具もなく、おかずは煮豆が少しだけ。

ふきは、育ち盛りの花のために自分のご飯を減らして、おなかいっぱい食べなさいと言った。

あからさまな嫌がらせにしか思えない。そんな花は、こんな時にも笑って耐《た》える母のことがじれったく思えてしまい、少しでもそう思ったことをあとで後悔し、気持ちが沈むのだった。

そして翌日、朝餉をすませたあとで一成に呼ばれて母屋へ行った花は、下働きの者たちが板の間で食べていた食事を見て、衝撃を受けて足を止めた。先ほど母と食べたのは、茶碗一杯もない白米と、味が薄い味噌汁と塩昆布《しおこんぶ》だけだったのだが、下働きの者たちはてんこ盛りの白米をかき込み、具だくさんの味噌汁を美味《おい》しそうに食べていたのだ。

廊下を歩いてきたお志乃に、花は詰め寄った。

「どういうことですか」

お志乃は、下働きの者たちが食べている姿を見て目を泳がせたものの、開き直ったように、悪びれもせず言葉を返した。

「奥方様の命令に従っただけです」

「だからといって、あんまりではないですか」

「わたしに言われても困ります」

強い口調で言うものだから、板の間にいる者たちが注目してきた。

お志乃はその者たちに、聞こえよがしに言う。

「花お嬢様は、わたしたちの食事が豪勢だと不服なようです」

すると皆は、敵を見るような目で花を見てきたかと思うと、うって変わって箱膳をずらし、平伏した。藤が来たからだ。

「お志乃、朝から大声をあげて何ごとです、はしたない」

お志乃は顔を上げ、ちらりと花を見て訴えた。

「花お嬢様が、お届けした食事が奉公人よりも質素だとお怒りでございます」

藤がきっとした目を花に向けた。

「お前の母の薬代にいくらかかったと思っているのです。それにくらべれば、奉公人たちの食事のなんと質素なことか。それに、お前たち親子と違って、この者たちは朝から晩まで身を粉にして働いているのですから、しっかり食べなければ仕事に支障が出るでしょう。そんなこともわからず娘に文句を言わせるとは、ふき殿はなんてあさましい了見か」

花はひれ伏した。

「母は言わせていませぬ。わたしが思ったことを言ったのです。お許しください」

「お黙り！　罰として、わたしが許すまでお前たち親子は家から出てはなりませぬ。今日の食事は抜きです。皆の仕事の邪魔になりますから、下がりなさい！」

烈火のごとく怒りをぶつけられた花は、深く反省して懇願《こんがん》した。

「もう二度と言いませぬからお許しください。食事を抜かれれば、母がまた倒れてしまいます」

「少し身体がだるいくらいなのはわかっているのです。殿の気を引こうとして仮病を使っていたのもね」

そのように見られていたのかと思った花は、はっとした顔を上げた。

「違います。母はそのような人ではありませぬ」

「澤、この子を連れて行きなさい」

命令に応じた澤は花の腕を摑《つか》んで立たせ、お志乃に手伝わせて外へ連れ出し、家に引っ張っていくと、戸口から押し込んで、荒々しく戸を閉めた。

許しを請うため花が戸を開けようとすると、澤が戸の向こうからきつい口調で言う。

「これ以上奥方様に逆らえば牢《ろう》に入れられますから、大人しくなさったほうがよろしいかと」

「花、どうしたのです」

騒ぎを聞いて来た母に、花は抱き付いた。

「お志乃に食事が少ないと言っていたところへ奥方様が来られて、酷《ひど》く叱られました。ごめんなさい、わたしのせいで……」

「奥方様のご命令です」

戸を開けて親子の会話に割って入った澤が、家から出ることを禁じ、今日の食事も抜きにされるにいたった経緯《いきさつ》を告げ、戸を閉めて帰っていった。

ふきは心配そうな顔をして花を抱いた。

「もう泣かないの。悪いのは、藤殿に気に入られないこの母のいたらなさですから。わたしのせいで辛い思いをさせてしまったわね、許してちょうだい」

「母上は悪くありませぬ。藤殿が意地悪なのですから」

「これ！」

ふきは慌て、戸の外を気にしてそっと開けた。誰もいないのを確かめて安堵《あんど》の息を吐《つ》いたふきは、花のところへ戻ると立たせ、部屋に連れて入った。

「いいですか、思っていても、決して口に出してはいけませぬ。殿がお留守の今は誰も助けてくれないと思いなさい」

花は納得がいかなかった。

「どうして藤殿は、母上に辛く当たるのですか」

「それは……」

ふきは逡巡《しゅんじゅん》する面持ちをしたが、花の目を見て口を開いた。

「人の気持ちを理解するのは、なかなか難しいのです。こちらが歩み寄ろうとしても、相手が忌《い》み嫌えば、どうしたって突き離されるのですから」

「ではこれからも、母上は蔑《さげす》まれたままなのですか」

　ふきは微笑んだ。

「殿は、水と油だとおっしゃっていました。それゆえ、こうして家を建ててくださったのです。ひとつ屋根の下にいるなら辛いですが、お前と二人で暮らさせてもらっているのですから、何も辛くはないのです」

「でも、食事すら与えてもらえないのですよ」

「我慢我慢」

　ふきは笑ってそう言った。

　母の口癖を物心付いた頃から聞いて育ってきた花は、そのせいで病がちなのではないのかと、近頃考えるようになっていた。兄と信義から書物を学んでいた時、信義が、人に気を使いすぎると身体を悪くすると言ったことがあったからだ。

　でも優しい母は、人との諍いを嫌うのだから、言っても聞かないだろう。

　それよりも、痩せ細っている母のために食べる物を得ることが、今の花には大事だった。

　なんとか、お許しいただく手はないだろうか。

口をすぼめて考えた花だが、これといった妙案が浮かばず、一人頭を抱えるのだった。


「外出を禁じたうえに、食事まで止められたそうよ」

気分が晴れた顔で言うのは、瑠璃の家で昼餉を食べている富だ。

楓と霞は、桜と奥御殿で食べているためここにはいない。

二人だけの食事は、焼き鯖《さば》と大根おろしに、根菜の煮物、出汁《だし》巻き玉子、具だくさんの味噌汁があり、食べ切れぬほど並んでいる。

鯖の身をほぐして口に運んだ富は続ける。

「藤殿は、殿がいなくなるのを待っていたかのように、積年の恨《うら》みを晴らしにかかったようね。このまま飢《う》え死にさせる勢いだから、怖いくらい」

口では怯《おび》えた台詞《せりふ》を並べるが、至極楽しそうな富もまた、兼続の寵愛を独占していい、るふきを恨んでいる。

瑠璃は話を合わせて言う。

「わたしなんて、もう二年はご無沙汰《ぶさた》ですよ」

すると富は、同調する面持ちで言う。

「病を装《よそお》って呼ばれたのでは、殿を引き止めるわけにはいかないものね。ほんと、女《め》狐《ぎつね》には早く消えてもらいたい」

「でもわたしが見る限りでは、ふき殿の病は虚言ではないと思う。あの痩せかたは、尋常《じんじょう》ではないもの。やっと床上げをしたというのに、また悪くならないか心配だわ」

すると富が、不安そうな顔をした。

「殿の耳に入れば同情されて、これまでに増して厚遇されるのではないかしら。隣りの空地を手に入れられたのをご存じ？」

瑠璃がうなずくと、富は続ける。

「楓がたまたま家来衆の噂《うわさ》話を耳にしてきたのだけど、あの女狐親子を藤殿から遠ざけるために、別宅を建てるのではないかと言っていたそうよ」

瑠璃は呆《あき》れ顔で答える。

「藤殿はその話を真に受けて、酷い仕打ちをはじめたのかしら」

富は不服そうな顔をした。

「違うというの？」

「一成の話では、火事が出やすい町家との火除《ひよ》け地にするため手に入れたそうよ」

「火除け地！」

もったいない、と声を張った富は、自分のために建ててもらおうか、などと言っているが、どこか安心した様子だ。富にとって商家の娘など、卑《いや》しい身分なのだ。そのふきが、旗本の娘である自分よりも厚遇されるのが、許せないのだ。

兼続が上方に行った途端に窮地《きゅうち》に陥《おちい》っていたふきと花は、ひもじい思いをしていた。二日目になるとさすがに食事が届けられたが、白米ではなく、重湯に近いもので、

「一日外に出ないのですから、これだけ召し上がって、寝て過ごすようにとのことです」

届けたお志乃が、つっけんどんに言い置いて帰った。

「わたしは食欲がないから、お前が食べなさい」

ふきはそう言うが、戯作《げさく》で同じような話があったと花は思う。

「わたしのためにそう言っているのでしょう。母上が召し上がらないほうがわたしは辛いですから、一緒に食べましょう」

お椀《わん》によそって差し出すと、ふきは微笑み、口に運んだ。一口飲むと、笑みのない顔で花を見てきた。

「わたしの出自のせいで、肩身の狭い思いをさせて申しわけないと思っています」

「母上、その話はおやめください」

花は強い口調になった。

「わたしは、一度もそのように思ったことはありませぬ。父上も、お爺様《じい》は立派な商人だとおっしゃっていました」

ふきは驚いた顔をした。

「いつ聞いたのです」

「藤殿から、商人の血を引く卑しい子だと言われた時、たまたま父上がそばを通られていて耳に入ったのです。父上は藤殿を叱られ、そのあとで、わたしに言ってくださいました。お爺様はもう亡くなられて店もないけれど、廻船《かいせん》問屋で手広く商《あきな》いをされていて、大名も頼るほどだったと」

ふきは涙を流した。

「殿はそのように、おっしゃってくださったのですか」

花は、兼続が教えてくれず気になっていたことを訊いた。

「どうしてお店はなくなってしまったのですか」

「お前の伯父《おじ》が店を継ぐことになっていたのですが、商いの見識を深めるため北前船《きたまえぶね》に乗っていた時に、嵐に遭《あ》って亡くなってしまったのです。その時にはもう、わたしはこの屋敷に嫁いでいましたから、お爺様は親戚《しんせき》に店を譲って、箱根《はこね》で余生を過ごされたのです」

「そのように悲しいことがあったのですか」

花は母の背中をさすった。

「思い出させてしまいました」

「お前は、ほんとうに優しい子ね。お父上にそっくり」

微笑みながら頬を拭《ぬぐ》ってくれる母に、花は抱き付いた。

急に母が吐血したのは、その時だった。

何が起きたのかすぐに理解できなかった花は、真っ赤な血に染まった母の手を見て悲鳴をあげ、倒れた母を支えた。

「母上！　どこが苦しいのですか！」

答えられないふきは、腹を押さえて苦しんでいる。

花は助けを求めるため外へ飛び出し、瑠璃の家に急いだ。

「瑠璃殿、お助けください！」

戸口で声を張ると、瑠璃はすぐに出てきた。

「どうしたのです」

心配そうな瑠璃に、花は泣き付いた。

「母上が血を吐かれました」

「え！」

声が裏返るほど驚いた瑠璃は、霞を呼び、母屋に知らせるよう言いつけて、花の手を摑んだ。

花が瑠璃と家に帰ると、ふきは倒れていた。

泣きながら抱き起こした花のそばで、瑠璃がふきの鼻に手を近づけた。

「大丈夫、気を失っているだけだから」

それでも花は心配し、母を呼び続けた。

「しっかりしなさい。寝間に運ぶわよ」

瑠璃はそう言って手を貸してくれ、二人で母を臥所に運ぶと、血を吐くといけないからと言って、横向きに寝かせた。

「母上！」

何度声をかけても、ふきは返事をしない。次第に息が苦しそうになっても、誰も来なかった。

「お医者様はまだでしょうか」

花が言うと、瑠璃が返す。

「わたしより花のほうが足が速いから、見てらっしゃい。霞が呼んでいるはずだから」

見ているからと言われて、花は家から飛び出した。

霞が来ていたので、花は駆け寄る。

「お医者様はまだですか」

「今呼びに走っているから、もう少しよ」

霞は花を抱きしめて言う。

「落ち着いて、きっと大丈夫だから」

血を吐いたのは前にも一度あったため、花はいつも優しくしてくれる霞にうなずき、家に戻った。

うなされる母を必死に励ましながら医者を待てども、なかなか来てくれない。

ずっと手をにぎっていた花は、額に当てて神仏に母の回復を願った。

医者が来てくれたのは、血を吐いてから一刻（約二時間）も過ぎた頃だった。

「待たせた。先約があり留守にしておったのだ」

真島家に出入りしている蘭方医《らんぽうい》の四井《よつい》玄才《げんさい》は、ふきの顔色を見るなり表情を曇《くも》らせた。この時、ふきの顔は血の気がなく、黄疸《おうだん》が見られたからだ。

腹の触診をすると、ふきは酷く痛がった。

玄才は瑠璃に問う。

「血をどれくらい吐かれたのです」

「花、わかる」

瑠璃に問われて、花は玄才に向く。

「母は両手で受け止めようとしたのですが、溢《あふ》れるほどでした」

「それからも吐いたか」

「いえ」

うなずいた玄才は、脈診をして花に言う。

「胃から出たのであろうが、前は悪くなかったはずじゃ。わしが処方した薬の他に、何か飲んだか」

花は物入れの引き出しを開けて、瑠璃がくれた生薬の箱を取り出した。

「紅丸丹です」

蓋《ふた》を開けると、中は空だった。まだ何粒か残っていたはずだと思った花が首を傾げていると、玄才が箱を手に取り、染み付いている匂いを嗅いだ。

「これならば害はない。むしろ良い生薬じゃが、いったい何がいけぬのか。他に口にした物はないか」

花が首を横に振ると、瑠璃が口を挟んだ。

「まさか先生、毒をお疑いですか」

「そういうわけではないが、先日診《み》させてもろうた時は、腹の具合は問題なかったのじゃ。血を吐くなど考えられぬゆえ、問うてみた」

「食事もろくに食べさせてもらっていないのですから、悪い物など口に入りません」

瑠璃がそう言うと、玄才は眉間《みけん》に皺《しわ》を寄せた。

見たことないほど険しい顔をしていると思った花は、不安になった。

「母は、大丈夫ですか」

「わしの薬はきついゆえ、何も食わずに飲むと胃を痛めてしまうのじゃ。空腹で飲んでいたのか」

「いえ、飲んでいなかったはずです」

「では何がいけぬのか」

腕組みをした玄才は、悩ましい面持ちをして黙り込んだ。

「とりあえず血が止まっておるようじゃが、念のため、意識が朦朧《もうろう》としておる今のうちに血止めの薬を飲ませてみよう」

花と瑠璃がふきの身を起こし、玄才が瓢箪《ひょうたん》から琥珀《こはく》色の薬を匙《さじ》に出して飲ませた。

様子を見ることになり、玄才は次の患者が待っていると言って帰っていった。

幸い薬が効いて、ふきは落ち着いてきた。

このまま良くなってくれと祈りつつ、不安な夜を過ごしていた花は、母の手をにぎったまま、いつの間にか眠っていた。

頭をなでられたのに気付いて顔を上げると、母が微笑んだ。

花は手をにぎった。

「母上、具合はどうですか」

「お前はわたしに似て身体が弱く、いつも父上を心配させていましたが、よくぞここまで育ってくれました。優しい子でいてくれて、ありがとう」

声も絶《た》え絶《だ》えで、息が弱い気がした花は、はっとした。

「母上？　苦しいのですか？」

ふきは穏やかな顔で花を見ているのだが、目尻《めじり》から涙をこぼし、目を閉じた。

「母上！　返事をしてください！」

ふきは、もう一度、力なく瞼《まぶた》を開けて花を見た。

「花、わたしの、可愛い子」

「母上……」

抱き付いた花の頬をなでながら、

「強く、生きなさい」

最後の力を振りしぼってそう告げると、目をつむってしまった。

「母上！」

手をにぎって叫ぶ花の目の前で、ふきの身体から力が抜けた。

「母上、母上、母上！」

最愛の母が帰らぬ人になった現実が受け入れられず気が動転した花は、母の亡骸《なきがら》にすがって、身体をゆすり続けるのだった。

四

「新年早々、縁起が悪い」

氷のように冷たい言葉が、花の耳に届いてきた。急な坂で知られる左内坂《さないざか》の途中にある菩提寺《ぼだいじ》で、ふきの葬儀《そうぎ》がしめやかにおこなわれている最中のことだ。

声の主は、藤だった。

花が母の死を知らせた時も、哀《あわ》れみをかけるどころか、薄笑いを浮かべたほど憎んでいただけに、勝ち誇ったように、霊前で悪態をついているのだ。

これには温厚な一成もさすがに黙っておらず、喪主の権限で老臣に命じ、藤を屋敷に連れて帰らせた。

すると富が藤に続いて帰ってしまい、死しても尚《なお》、ふきは愚弄《ぐろう》された。それでも花は、母を静かに送れると思い、一成に感謝した。読経が終わり、いよいよ母と別れの時が来た。相思相愛だった父に送ってもらえないのが、母は辛いのではないだろうか。穏やかに微笑みながら語り合っていた両親の姿を思い出した花は、父が知れば、どんなに悲しむだろうと思い、胸が詰まって涙があふれてきた。

「花、しっかりしなさい」

瑠璃がそっと寄り添ってくれた。深い土の中に棺桶《かんおけ》が下ろされてゆく。

強く生きなさい言った母の声が、花の涙を止めてくれた。自らの手で土を掛け、棺桶が見えなくなった時、花はどうしても堪《こら》え切れず泣き崩れた。

瑠璃と一成だけが、ふきを埋葬《まいそう》するまで付いていてくれた。

憔悴《しょうすい》しきっている花を心配した一成が、瑠璃に言う。

「落ち着くまで、花を泊めてやってくれませぬか」

瑠璃は快諾《かいだく》し、花を抱き寄せて言う。

「今日からは、わたしを母と思っていいのよ。おふきさんはきっと、そばで見守っていてくれるから。さ、帰りましょう」

瑠璃の優しさが、花の気持ちをより辛くした。

自分が世話になれば、今度は瑠璃が藤に疎まれてしまうのではないか。

そう思った花は、

「母との思い出がある家で休みます」

母に会いたいと声にすることもできず、そう言うのが精一杯だった花は、礼を言って家に帰った。


「殿に知らせないおつもりですか」

老臣の沢辺《さわべ》定五郎《さだごろう》が、白髪の眉毛《まゆげ》をつり上げて驚いた。

藤は自ら表御殿の用人部屋に足を運び、沢辺にそう告げていた。

異例の速さでふきの葬儀をしたのも、藤の指示だ。そのせいで兼続に知らせるための文《ふみ》を書く暇もなかった沢辺は、ようやく落ち着いて訃報《ふほう》の文を書こうとしていたところだっただけに、藤の考えが読めぬ。

「何ゆえ、お知らせせぬのですか」

藤はあからさまに不機嫌《ふきげん》な顔をした。

「殿は大役を得て上方に向かわれているのです。長い旅路でお疲れのところへふき殿の不幸を知らせれば、どうなるか想像できましょう」

「殿のお気持ちになって考えるに、それがしならば、知らぬほうが辛うございますぞ」

藤は怒気を込めた恐ろしげな目を向けた。

「そのほう、奥向きの一切を殿から任されているわたくしに盾突くのか」

沢辺はその剣幕に、急に恐縮して頭を下げた。

「とんでもないことにございます。仰《おお》せのままにいたしますゆえ、どうかお怒りをお鎮《しず》めください」

「殿はこれより大変な役目に就《つ》かれるのですから、家のことで煩《わずら》わせてはなりませぬ。ふき殿のことは、折を見てわたくしから伝えるゆえ、いらぬことをせぬように」

「はは」

「それから、ふき殿が亡くなった家は奥御殿に近いゆえ、桜が気味悪がります。不浄の家は取り壊してしまいなさい」

沢辺は慌てた。

「奥方様、屋敷内の建物を倒すのは、さすがに殿のお許しがなくては……」

「もう住む者もおらぬようになるのですから、不要な物を壊しても構わぬ」

「花様は、いかがなされます」

「母との思い出が詰まった家で暮らすのは辛いでしょうし、あの家にいることでいつまでも悲しみに浸《ひた》られては、屋敷が辛気臭くなる」

「確かに。では、奥御殿で引き取られますか」

「まさか」

藤は、厄介者《やっかいもの》を遠ざける体で続けた。

「花は先代夫婦に可愛がられて、よう懐《なつ》いておりましたから、その離れに移します」

沢辺は、戸惑った顔をした。桜や楓たちが、幽霊屋敷だと怖がる場所だからだ。

「まことに、あの離れにお移り願うのですか」

「家から泣き声が聞こえてくるから、鬱陶《うっとう》しくてたまらないのです。夜までには移すように」

きつく言われて、沢辺は平伏した。

「ということでございまして、花お嬢様、この爺も手伝いますから、お支度をなさってください。大きな荷物はあとから運ばせますので、着替えだけでよろしゅうございます」

哀れみに満ちた顔をしている沢辺だが、猶予《ゆうよ》を与えるつもりはないようだ。花は、母が強く生きろと言ったのは、このことだと飲み込んで応じた。

姉たちが幽霊屋敷だと怖がる離れに移されても、平気だった。

祖父母が暮らしていた頃は毎日のようにお邪魔をして、甘えさせてもらった思い出がある離れは、母と暮らしていた家よりも大きい。

長らく使われていなかったが、風は通されていたため湿気も籠《こ》もっておらず、家の中の匂いは懐かしかった。

磨き抜かれて光っていた廊下は、今は埃《ほこり》で曇っていた。畳も少々汚れていたが、花は手荷物を置くなり、自分で掃除をはじめた。

「花お嬢様、そのようなことは下女にやらせますから」

恐縮する沢辺に、花は首を横に振った。

「気がまぎれますから、わたしがやります」

沢辺はまた、哀れみをかける表情をする。

「では、それがしは布団を運んでまいりますから、まずは臥所の掃除をお頼みします」

「はい」

花は水を張った桶《おけ》を抱えて、祖父母が寝起きしていた裏手の八畳間に行き、畳を拭《ふ》いた。

布団が届けられ、花は掃除を終えてようやく落ち着いた。気付けば、外は夕暮れ時になっていた。

お志乃が夕餉を届けに来たのは、雑巾《ぞうきん》を干《ほ》していた時だ。

裏の戸口から庭に入ったお志乃は、

「食器は洗わずに、裏の戸口に置いてください。頃合いを見て取りにまいりますから」

不愛想に言うと、裏の縁側に置いた。

「ありがとう」

花が礼を言うと、お志乃は目も合わさず少しだけ頭を下げて帰ってゆく。

「一人が気楽でいいのよ」

自分に言い聞かせた花は、笑みを浮かべて手を洗い、長柄の四角い岡持《おかも》ちを手に取って居間に入った。

祖母が使っていた朱塗りの膳をあらかじめ洗っていた花は、食事を並べるため岡持ちの蓋を開けた時、戸惑って何も考えられなくなった。

中には、多めの醬油《しょうゆ》でしょっぱく煮た鰯《いわし》と、梅干しと味噌汁、そして一杯のご飯が入っていた。

母の葬儀が終わった日で精進の期間だというのに、鰯とはどういう了見だろうか。母屋の者たちが喪《も》に服すつもりはないにしても、どうして娘にこのような食事を届けるのか。

唇を嚙みしめた花は、鰯のおかずは出さず、他の物を膳に並べた。せめて己だけでも、四十九日まで喪に服そう。

お茶を淹《い》れるために台所へ行き、沢辺が七輪で湯を沸かしてくれていた鉄瓶を取った。

湯吞み茶碗に湯を淹れた花は、気持ちを強く持ち、感謝を込めて手を合わせ、いただきますと言って食べた。

夜寝る時になると、やはり母が恋しくなり枕《まくら》を濡《ぬ》らした花は、昼間の疲れもあり、いつのまにか眠りにつくのだった。

「花は、生きているのかしら」

桜と楓と霞の三人娘が、苦手な裁縫《さいほう》を習う途中で無駄口をたたいては笑っていたのだが、桜がふと思い出したようにそう言った。

「隠居所に移されて今日で十日目だけど、顔を見ないわね」

楓がそう続くと、霞が母親譲りの穏やかな表情で答える。

「母に頼まれて元気が出る薬を届けたのだけど、まだ寂しそうだったわ。食事は食べられているようで、弱ってはいないから大丈夫だと思いますよ。お姉様方も、行ってあげてください」

「そうね」

楓はうなずいたが、桜はあまり良い顔をしない。

「いやよ、幽霊屋敷なんて気味が悪い」

楓が続く。

「花は怖くないのかしら」

霞は苦笑いをした。

「お姉様方は前から恐れているけれど、まるで幽霊でも見たような言いぐさね」

すると桜が鼻に皺を寄せ、いやそうな顔をして言う。

「恐ろしいお爺様の魂《たましい》がまだあるような気がするのよ」

楓がまた続く。

「そうそう、お爺様怖かった。亡くなられて一度だけ家の様子を見に行ったけど、何か出てきそうだったわ」

桜と楓は、意地が悪い、といつも叱られていたせいで、祖父を毛嫌いしていたこともあり、空き家になった途端に気味悪がり、今でも変わっていないのだ。

裁縫を教える澤は、祖父の悪口になると、いつの間にか座を外していた。その澤が、茶菓を取りに行っていたような顔で戻ってくると、桜の前に置き、楓と霞には他の侍女たちが出した。

以前は、花も姉たちと習いごとを重ねていたが、もうここにはいない。

兼続が大坂へ行き、ふきがこの世を去ったからだとわかっている三人の姉たちは、話題を変え、信義の話に花を咲かせた。

この中で誰が嫁げるのか、腹の探り合いでもあったが、縁談は親が定めるものであるこの時代だけに、正妻の娘である桜は、どこか余裕がある。

信義のことを、将来の夫だとばかりに語り、年が近い妹たちを押さえつけたのだ。

茶を終えた三人が、それぞれの部屋や家に帰るべく座敷を出て廊下を歩いていた時、桜だけが、信義と勇里が一成の部屋に来ているのに気付いた。

桜は、将来の夫にあいさつをしようとして、

「ちょっと忘れ物をしたから、先に帰って」

二人に嘘《うそ》をついて先に帰し、奥御殿の廊下を回って、庭を挟んだ向こう側にある一成の部屋に行った。もうすぐ会えると思い胸を躍らせていると、信義が部屋から出てきた。

桜が声をかけようとしたが、信義はこちらに気付くことなく背中を向け、見送りに出た一成と勇里に言う。

「花の様子を見てから帰る」

勇里がからかう。

「なんだ、随分《ずいぶん》ご執心《しゅうしん》じゃないか。一度俺と他の女を知るために妓楼《ぎろう》にでも行くか？」

「そういうものではない」

はっとした桜は、廊下の角に隠れた。草履をつっかけて裏庭に出た信義が、酷い扱いだ、と言ったのが聞こえたからだ。

自分の母のことを怒っていると思った桜は、不安になり、気付かれないよう信義のあとを追った。

手入れが行き届いた庭のあいだを通る小道を急いだ信義は、竹垣の戸を開け、古びた数寄屋《すきや》造りの家の前で立ち止まった。

桜は庭木に隠れて、じっと見ている。

気付かない信義は、声を張った。

「花! どこにいるのだ」

すると、離れの庭から花が走ってきた。地味な紺《こん》色の着物に赤い帯を締め、白い紐《ひも》で襷《たすき》掛けをしている花は、伸びたまま枯《か》れていた庭の草を抜いていたと言い、笑っている。

その態度が、信義に媚《こ》びているように見える桜は、良い気がしない。

睨むような目をして花を見ていると、信義が懐《ふところ》から書物を出して渡した。受け取った花は、桜が恐ろしげな顔で見ていることにまったく気付かず、目を輝かせている。

「前に約束していた本だ。暇な時に見るといい」

旅の教へ、と書かれた本は、花が以前、読みたいと言った物。

江戸どころか、屋敷からも滅多に出たことがない花は、日ノ本の様子がわかる本があると信義に教えられて待ち望んでいたが、母親のこともあり、忘れていたのだ。

「ありがとうございます」

本を胸に抱いて喜ぶ花に、信義は言う。

「それは返さなくてもよいぞ。読み終わったら言いなさい。別の本を持ってくる」

「楽しみです」

無垢な笑顔に、信義は微笑んだ。

「寂しいだろうが、一人ではないぞ。困ったことがあれば、いつでも一成に言うとい い。わたしにできることは、なんでもする」

花が一歩近づいたことで信義の背中で隠れ、桜の目には、信義が抱き寄せたように見えた。

はっ、と開けた口を手で塞《ふさ》いだ桜は、見られないようにその場を離れ、泣きながら庭を走った。

戻った桜から話を聞いた藤は、

「お前の見間違いでしょう。信義殿がそのようにみだらなことをするものですか」

笑って落ち着かせようとしたのだが、

「花はあの女の娘ですよ。きっと色目を使ったに違いありません」

桜は涙を流して訴えるものだから、そばにいた澤が言う。

「奥方様、桜お嬢様が、嘘をつくはずはありませぬ」

「確かに、あの女の娘ならば、なりふり構わず信義殿にすがる気になったか、あるいは、女狐から、そのように教え育てられていたかもしれないわ」

「いかがなさりますか」

澤に言われて、藤は考えた。そして、花が屋敷の外に興味があると知った藤は、意地の悪い顔をして言う。

「そんなに屋敷の外に興味があるなら、追い出してやりましょう」

澤はしたり顔でうなずき、桜の頬に手拭いを当てて言う。

「お嬢様、もう心配いりませぬ」

桜は泣き顔で、澤の慰《なぐさ》めを受け入れた。

第二章

腹黒と人情

一

寒さが和《やわ》らいでも、兼続《かねつぐ》からは文《ふみ》ひとつ届かない。

この頃花《ごろはな》は、父は母の死を知っていないのではないかと思うようになっていた。

一成《かずなり》に訊《き》いても、

「大坂城《おおさか》に着任されたばかりで、お忙しいのであろう」

そう、言葉を濁《にご》されるだけ。

文が届いても、母屋《おもや》で止まっているのかもしれないと思うことにして、父の帰りを待つと決めると、幾分か心のざわつきが少なくなるのだった。

独《ひと》り離れで暮らすことにも慣れ、日々の楽しみは、信義《のぶよし》がくれた本を読むことだ。

伊勢《いせ》神宮にお礼参りする者の中には、一文《いちもん》も持たずに旅をした者もいることを知って驚き、見たことがない海や、晴れていれば遠く望める富士山《ふじさん》が日ノ本で一番高い山で、登った人がいるのを知って目を輝かせるのだった。そしていつか、自分の足で旅をする姿を思い浮かべながら何度も読み返しては、夢を膨《ふく》らませた。

そんな花が藤《ふじ》に呼ばれたのは、晴れた日の朝だった。

粗相《そそう》をした覚えがない花だったが、奥御殿に行くべく離れを出た。

母が亡くなり、祖父母が暮らした離れに移された日から奥御殿に呼ばれていなかった花は、久しぶりに、母と暮らした思い出が詰まっている家を見られると思った。だが、小道に行って、愕然《がくぜん》とした。そこに確かにあったはずの家は跡形もなく消え、更地《さらち》になっていたからだ。

「どうして……」

気が動転した花は更地の前でしゃがみ込んだ。

見ていたかのように出てきた瑠璃《るり》が駆け寄り、気の毒そうな顔で背中をさすりながら言う。

「藤殿が、気味が悪いからと言って取り壊させたのよ」

「母は、人を恨《うら》んだりなんかしません」

「わたしもそう言ったのだけど、あの人、言い出すと聞かないでしょう」

非難めいた言い方をした瑠璃は、花を立たせた。

「悔しいでしょうけど、藤殿に不服を言ってはなりませんよ。殿が戻られるまで、黙って従いなさい」

心配して言ってくれる瑠璃に、花はうなずいた。

促《うなが》されるまま奥御殿に急ぎ、濡《ぬ》れ縁《えん》に立っている藤の前に歩み出ると、悔しさを飲み込んで頭を下げた。

藤は家のことには一切触れず、前にくらべて少しだけ、穏やかな面持《おもも》ちで口を開いた。

「わたしはお前の母となったが、実母の月命日の墓参もさせないと、お前を虐《しいた》げていると寺の者に思われる。よって、今日は外出を許します」

花は気になっていたが言い出せずにいたので、涙を流して伏した。

「ありがとうございます」

「お梅《うめ》に道案内をさせるから、ついでに、気晴らしをして来るといいでしょう。わたしの好物の菓子を買ってきてくれると嬉《うれ》しいのだけど」

母の墓参りができると思った花は、喜んで受けた。

一旦《いったん》家に戻って支度《したく》をした花は、母屋に足を運んだ。待っていたお梅は、花と年が近い下女だ。

ぺこりと頭を下げるお梅に、

「今日はよしなに頼みます」

花も頭を下げて言い、さっそく出かけた。

葬式から初めて参った墓は、花もなく、ひっそりとしている。

庭で咲きはじめていたスイセンを手向け、蠟燭《ろうそく》に火を灯《とも》して線香をあげ、両手を合わせて母の成仏を願った。

強く生きなさい、と言ってこと切れてしまった母の目尻《めじり》から、別れの涙が流れたのを目に焼き付けている花は、もう泣かなかった。

今置かれている境遇が、母が教えようとしたことだと思うようになり、強くなると誓《ちか》ったからだ。

墓参をすませた花は、お梅の案内で牛込台《うしごめだい》から離れた日本橋《にほんばし》まで足を延ばした。

途中、お梅は寂れた稲荷《いなり》の祠《ほこら》の前で立ち止まり、鳥居の外から手を合わせ、拝んだ。

それを見て花が訊く。

「どうしたの？」

お梅ははにかみ、言った。

「実家近くのお稲荷様によく似ているので、心の拠《よ》りどころにしているのです」

聞けば、お梅は藤の菓子を買うためだけに、月に二度ほど、片道半刻《はんとき》（約一時間）かけて通っているという。

屋敷からほとんど出たことがなく、たまに出かけても牛込台からくだったことがなかった花は、見るものすべてが新鮮で、夢である旅に出た気がして胸を躍《おど》らせた。初めて近くで見た千鳥ヶ淵《ちどりがふち》や、城の門は立派だと思ったが、何より驚いたのは、日本橋の人の多さだった。

供を連れた商家の娘の艶《あで》やかな振袖《ふりそで》は、武家の娘が着るものよりもずっと派手《はで》で、姉たちが最も美しいと思っていた花は、その華やかさについ見入ってしまう。そのせいで、前から歩いてきた男の人と肩がぶつかってしまい、気を付けろと言われて身を縮め、慌てて頭を下げた花は、お梅を追いかけた。それからは、すたすたと慣れた様子で歩くお梅に付いて行くのがやっとで、背中ばかりを見ていた。

お梅は人混みの中に割って入り、慣れていない花は、横から来た人の波に呑《の》まれた。前に行こうとしても、うまく抜けることができず、斜《なな》めに進んでしまう。背伸びをして、なんとかお梅を見失わないようにしていたのだが、四辻《よつつじ》を曲がって見えなくなってしまった。

人の流れに乗り、ようやくその角に着いた花は、お梅が曲がったほうへ足を運んだ。

だが、そこも道を埋めるほど人がいた。とうとうお梅を見失ってしまった花は、捜《さが》して歩みを進める。

菓子屋の名前を聞いていたので、人に訊《たず》ねたのだが、誰《だれ》も知らない。

そんなはずはないと思い、花は目の前の扇屋《おうぎや》に入り、店の者に訊いた。

「あの、鈴屋《すずや》というお店の場所を教えてください」

手代《てだい》は首を傾《かし》げた。

「鈴屋、何を売るお店でしょう」

「饅頭《まんじゆう》が評判と聞いています」

「ああ、それはたぶん鈴木屋《すずきや》ですね。それならば、この通りを真《ま》っ直《す》ぐ行った突き当たりにございますよ」

わざわざ表に出て教えてくれた手代に礼を言った花は、半信半疑ながらも足を運んだ。

だが、店は閉まっていた。

お梅は、はぐれてしまったわたしを捜しているはずだと心配した花は、周辺を歩いた。だが、一刻（約二時間）歩いても見つからず、気がつけば、自分がどこにいるのかもわからなくなっていた。

駕籠《かご》を雇《やと》おうにも、財布はお梅が持っている。

初めて来た町で、右も左もわからなくなった花は、焦《あせ》って歩くうちに開けた場所に出た。目の前には大きな川があり、たくさんの川船が行き交《か》っている。

美しい景色だが、浸《ひた》る余裕は花にはない。歩いている若者を呼び止めた花は、頭を下げて訊ねた。

「あの、牛込台はどちらに行けばよろしいでしょうか」

若い男は、急いでいるのか迷惑そうな顔をした。

「初めて聞く土地だ。悪いが他を当たりな」

つっけんどんに言い、早足で去ってゆく。

思えばずいぶん歩いた気がする。花は、遠く離れすぎたせいで、この町の人は牛込台すらも知らないのだと思い、途方に暮れた。

「道に迷ったのかい？」

落ち着いた声に振り向いた花は、艶やかな緑地の着物に、桜の花びらがちりばめられた着物を着た女に、息を吞んだ。このように美しい人がこの世にいるのかと思ったのだ。

「驚かせてしまったようね」

赤い唇の口角を上げて流し目を向けられた花は、自分の子供っぽさが恥ずかしくなるほどで、まともに顔を見られないまま首を横に振った。

「どこから来たのかしらないけど、帰り道がわからないなら、わたしが送ってあげましょう」

どこの人か問われた花は、すがる思いで顔を上げた。

「牛込台の旗本、真島《まじま》兼続の娘で花と申します。供の者とはぐれてしまい、困っていました。牛込台をご存じでしょうか」

女は一瞬息を止めたかに見えたが、すぐ優しい笑みを浮かべ、そばにいる若い男にうなずくと、花に言う。

「牛込台には知り合いがいるから、連れて帰ってあげましょう。わたしの名は勝江《かつえ》、この人は万蔵《まんぞう》、頼りになるから安心してくださいな」

万蔵が爽《さわ》やかな笑顔で頭を下げた。

これで帰れると思い胸をなで下ろした花は、お梅は町に慣れているから帰ってくるだろうと思い、勝江と万蔵に付いて歩いた。

勝江が四辻で立ち止まって言う。

「旗本のお嬢様は人の多い道は慣れてらっしゃらないでしょうから、人気《ひとけ》のない道をゆきますね」

　せっかく助けてくれる二人とはぐれるのを恐れた花は、はいと答えた。

　微笑《ほほえ》んだ勝江は、人が少ない裏道を選んで歩みを進めた。

　花は、どこをどのように歩いているのかまったくわからぬまま、遅れないように気を付けて、二人の背中から目を離さなかった。

　人が多い通りになると、勝江は花の腕をそっと摑《つか》んでくれ、万蔵が前に立って人を分け、道を空けている。

　すると、万蔵が休んでいた駕籠かきに声をかけた。

「へい毎度」

　駕籠かきが元気よく応じると、万蔵は花を手招きした。

　勝江が言う。

「道に迷って疲れたでしょう。駕籠で送るわね」

　花は慌てた。

「でもわたし、お金を持っていません」

「そんなこと心配しなくていいのよ。さ、お乗りなさい」

　断りきれなかった花は、言われるまま駕籠に乗った。

垂れを下ろされ、外が見えなくなったのは心細かったが、元気がいい駕籠かきの声がどこかのんびりとしていて、安心した花は深い息を吐いた。

また藤に叱《しか》られる。

そう思うと気が重くなる花だったが、町で迷った時の不安に勝《まさ》りはしない。

明るい駕籠かきたちのかけ声と、揺れが心地よくなってきた花は、気がゆるんだせいもあり眠くなってきた。

どれほど眠っていたのか、駕籠が下ろされた振動で目がさめた花は、垂れを上げられるのを待って駕籠から降りた。

狭い路地は竹垣が続き、武家屋敷ではなく町家のように思える。見覚えがない場所だったため、花は不安になって、駕籠かきに問う。

「ここはどこですか」

すると二人の駕籠かきは、意味ありげな笑みを浮かべて勝江に頭を下げ、帰っていく。

花が勝江を見ると、腕を強く引かれた。

「いいから、黙って付いて来るんだよ」

勝江が進む先に立っている万蔵は、木戸を開けた。

花は竹垣の中に連れて入られ、石畳の細い道の先にある家に引っ張り込まれた。

香の匂《にお》いがする家の中は、大勢の奉公人たちがおり、忙しく働いている。

そして勝江が帰ったのを知ると、誰もが頭を下げて迎えた。

「みんな、今日からこの子を頼むよ」

勝江に言われた男女の奉公人たちは、声を揃《そろ》えて返事をし、花を見てきた。誰もが、温かみを感じられぬ面持ちで、まるで物を見るような目つきをしている。

どこかで見た眼差《まなざ》しだと思った花は、そうだ、真島家の侍女や下女たちと同じだと感じ、背筋が冷たくなった。

「ここは、どこですか」

勝江は優しい笑みを浮かべた。

「わたしの店だから、何も心配いらないよ。それよりおなかがすいただろう。今美味《おい》しい物を作らせるからおいで」

「でも……」

「子供が心配しないの。どうせ帰っても、ろくなもの食べさせてもらってないんだろう」

どうしてわかるのか花は不思議だったが、ああ、古着のせいだなと思った。

今年あつらえた物は母が亡くなった悲しい思い出の品になってしまったため、離れの掃除《そうじ》をする時にほつれてしまった去年のものを着てきたのだ。

美しい身なりをしている勝江から見れば、みすぼらしく思えたに違いなかった。

そして、今の花にとって勝江の見立ては当たっている。

「まずは腹ごしらえよ」

気持ちが嬉しくて、花は笑顔で頭を下げた。

「ありがとうございます」

「礼はいいからおいで」

勝江に付いて廊下を歩き、帳場がある店に出た。左にある階段を見ながら広い店の奥に行こうとした時、

「おいそこの娘、待て」

男の声がしたので花が振り向くと、店の三和土《たたき》に、派手な赤地の着物を着た女を連れた若い侍がいた。

一成の友の保坂勇里《ほさかゆうり》だとすぐにわかった花は、勇里の隣の女に睨《にら》まれて身を縮めた。

勇里は兄の友人だが、女遊びが酷《ひど》いと聞いていた花は、女の妖艶《ようえん》な雰囲気《ふんいき》と重なって気持ち悪いと思い、勝江の後ろに隠れた。

「おい、花だろう」

「もう、子供にまで色目を使って憎たらしい」

派手な女に腕を引かれた勇里は一転、だらしのない笑みを浮かべる。

勝江は花の気持ちを察したらしく、勇里の目に触れぬようかばい、

「早くお連れしなさい」

と女に言った。

勇里は酔っているようだった。

人違いだと勝江に言われて首を傾げていたが、女に引かれるまま、二階に上がっていった。

花は心配になり、勝江に訊いた。

「ここは、なんのお店ですか」

すると勝江から、町で助けてくれた時とはまるで別人のように冷たい目を向けられた。

「万蔵!」

頭から押さえつけるような勝江の声に、

「へい」

と答えた万蔵が、花の腕を掴んだ。

抗《あらが》いを許さぬその強い力は、花を恐れさせた。

花は勝江に懇願《こんがん》した。

「お願いです。屋敷に連れて帰ってください」

「ふん、そうはいかないよ。お前は今日からあたしの物だ。観念しないと、痛い目に遭《あ》わせるよ」

花は万蔵の手から逃れようとしたが、勝江に頬《ほお》を平手打ちされた。

「まだわからないのかい。お前は、母親に捨てられたんだよ」

「母は亡くなりました。人違いです」

「そんな嘘《うそ》が通るもんか。お前は売られたんだよ」

売られた、という言葉に、花は茫然《ぼうぜん》となった。

万蔵がその隙《すき》を突いて担《かつ》ぎ上げ、廊下《ろうか》を急いで奥の部屋に連れて入ると、重厚な木の戸を閉め、鍵をかけてしまった。

かび臭く薄暗い部屋は、他に出入り口がない。

花は恐怖のあまり戸をたたいて叫んだが、誰も返事をしなかった。

二

「女将《おかみ》さん、ほんとうによろしいのですか」

花を閉じ込めて戻った万蔵が、不安そうな顔で言った。

煙管《きせる》を咥《くわ》えていた勝江が、唇《くちびる》から細い煙を吹き出すと天井を見上げ、保坂勇里がいる二階を意識しながら答える。

「若様は酔ってらっしゃるから、見間違いだと言い張ればいいんだよ。どうしても花に会わせろと言われたら、親許《おやもと》へ帰らせたとでも言って誤魔化《ごまか》すさ。みんなにもそうお言いよ」

「しかし妙だとは思いませんか。昨日頼みに来た娘は姉だと言ってましたが、身なりは妹より粗末でしたし、たったの八両で娘を売る親がおりますかね。姉にしても、妙に落ち着きがありませんでしたし」

「何言ってるんだい。先月買った娘なんて五両だよ」

「あれは年増《としま》だから女将さんが値切ったわけで、今日の娘は、あっしなら百両は出せと言いますぜ。しかも、町で迷子にさせるから、送って帰るふりをして受け取れってのも、なんだか手が込んでいて、腹黒さを感じやす」

「お前は、どうして今頃それを言うのさ」

「保坂様が、ああおっしゃったもので、ほんとうに武家の娘じゃないかと思ったんです。あの娘もそう言っておりましたし……」

すっかり弱気になっている万蔵に、欲深い勝江は苛立《いらだ》った。

「滅多に出ない器量よしを安く手に入れたんだから、出自のことなんてどうでもいいの。別の店に流してしまえば、もうこっちのもんだ。知らぬ存ぜぬを通すのは、わたしらの得手だろう。あの子は必ず万両を稼《かせ》ぐ花魁《おいらん》に化《ば》けるから、手放しゃしないよ」

万蔵は驚いた。

「出したばかりの、上方《かみがた》の店に連れて行くおつもりですか」

勝江は性悪の笑みを浮かべた。

「武家の娘として売り出せば、商家の上客が飛び付くよ」

「それは妙案です」

万蔵は、連れて行く役を買って出たが、勝江はこの若者を手放さない。

他の者に行かせると言って襟元《えりもと》を摑んで引き寄せると、頬をなでながら、妖艶な表情で言う。

「お前はわたしの物だ。上方になんか、行かせやしないよ」

「女将さん」

押し倒された勝江は、嬉しそうに若い男を受け入れた。


明かりもない真っ暗な部屋の中で、花は横になっていた。身体《からだ》に力が入らず薄目を開けて、売られたとは、どういうことだろうと考えていた。

思い返してみれば、今朝の藤は、やけに優しく感じた。初めから捨てるつもりで、せめてもの人情で母の墓参りをさせ、お梅に日本橋まで連れて行かせたのだろうか。

そうに違いないと思った花は、どうにもできそうにない今を悲観し、深い絶望に襲われた。

だが今ならば、保坂勇里がいると思い付いた花は、身を起こし、手探りで戸を探し当てると、平手でたたいて音をたて、助けを求めて大声を張りあげた。

「保坂様！　花はここにいます！　お助けください！」

何度も何度も叫んでいると、廊下に足音が近づいて来た。

鍵を開ける音がして、引き開けられた外から手燭《てしょく》の明かりが差し込み、目をつり上げた勝江がうるさいと怒鳴《どな》った。

花は恐れて下がった。

足を踏み入れた勝江は、昼間の時より着物が乱れており、頬に髪の毛が垂れ下がっている。

その姿が、花の目には下品に映り、近づいてほしくなかった。そして、戸口が目に付いた花は、勝江をさけて出ようとしたのだが、外にいた万蔵が立ちはだかった。

「おっと、怪我《けが》をするぜ」

着物を羽織《はお》っただけで帯も締めていない万蔵から顔をそらした花は、勝江に頬を摑まれ、顔を無理やり上げさせられた。

「気持ち良く寝ていたのに、邪魔をするんじゃないよ。騒いだところで、若様はもうお帰りだから来やしないんだ」

もうそんなに時が過ぎていたのかと思った花は、手を離した勝江にすがった。

「お願いです。帰してください」

見下ろした勝江が、厳しい顔で言う。

「そんなに帰りたい家なのかい」

冷めた口調だが、言葉は花の胸に突き刺さった。

勝江よりも恐ろしい藤の顔が目に浮かび、両親のいない屋敷の冷たい景色が、返答をしようとする花を迷わせる。それでも、恐怖に打ち勝ち、声をしぼり出す。

「ほんとうですか」

「何が」

「わたしは、売られたのですか」

止めることができない涙を、花は手の甲で拭《ぬぐ》って勝江の目を見た。

勝江は真顔で答える。

「お前をあきらめさせるためについた嘘さ。でも、町で捨てられたのはほんとうだろう。帰る場所なんてないんだろう」

「それは……」

安堵《あんど》したのは束《つか》の間《ま》で、お梅はわざと離れたのだろうかと思った花は、うつむいた。

「おっしゃるとおりかもしれません。でも……」

「でも、なんだい」

「確かに今は辛《つら》いですが、父が大坂の役目を終えて帰れば、また以前のように……」

母がいないのだから、元通りにはならない。

そう思った花は、目を閉じて唇を嚙《か》みしめた。

「そんなに悲しい思いをする家なんて、捨てちまえばいいさ。わたしのように、自由に楽しく暮らす道だってあるんだよ」

花が顔を上げると、勝江は出会った時のように、優しい顔をしていた。

どっちがほんとうの姿なのだろうと思った花は、相手の目をじっと見た。どちらにしろここで抗えば、また閉じ込められてしまうに違いないだろう。気転を利《き》かせた花は、涙を拭《ふ》いて懇願した。

「旅も、できますか」

少しだけ驚いた顔をした勝江は、すぐに笑みを浮かべる。

「できるわよ。上方に連れて行ってあげる」

「お伊勢参りも行けますか」

「行きたいのかい」

「夢なんです」

「おやすいご用さ。供の者に、そちらを回るよう言ってあげる」

帰っても、藤に閉じ込められるだけだから、こちらの方がましかもしれない。

「お願いがあります」

「まだ何かあるのかい、言ってみな」

「厠《かわや》に行かせてください」

小声で頼むと、勝江ははっとした。

「いけない、忘れてた。ここでお漏らしするんじゃないよ。ほら早くおいで」

手を引いて急ぐ勝江に連れられて、花は廊下を歩いた。不安でも、この先勝江に従うしかないのだと思った花は、そっと、横顔をうかがうのだった。

三

翌朝、花は勝江の言いつけで来た女たちによって、新しい着物を身に着け、髪も町人髷《まげ》に結《ゆ》い直され、薄化粧《うすげしよう》までしてもらった。

「できたかい」

そう言って入ってきた勝江が、満足そうな顔をした。

「わたしの目に間違いはないね。いい女、いや、美しい子だよ。お前たちもそう思うだろう」

女たちは相変わらず、物を見るような目を花に向けていたが、勝江の言葉を受け、人が変わったように笑みを浮かべ、褒《ほ》めそやしてきた。

奇妙な人たちだと花は思った。

　勝江が花に言う。

「きっと楽しい旅になるわね。そういえば、名は何だっけ」

「花です」

　勝江は、じっと顔を見てきた。

「そうだったわね。可愛《かわい》らしい名だけど、なんだか子供じみているわね。家を捨てると決めたんだから、今日から名を変えなさい」

　着物の袖袋から四角い物を取り出した勝江は、花に渡した。

「これはお前の手形よ。新しい名も書いてあるから」

　旅に必要な手形を受け取った花は、名を声にする。

「月乃《つきの》……」

　昨日、保坂勇里と一緒にいた女の姿が思い浮かんだ花は逃げたくなったが、今はその時ではないと耐《た》え忍び、勝江に頭を下げた。

「良い名を、ありがとうございます」

「気に入ってくれたのね」

　嬉しそうな勝江は、出発は昼前で、今夜は品川宿《しながわしゅく》に泊まって、明日の朝は船に乗るのだと教えた。

船旅を想像もしていなかった花は、母の兄が海で命を落としているため、身が縮まる思いになった。だがいやだとは言えず、気持ちとは真反対の言葉が出る。

「楽しみです」

品川がどのようなところかは知らないけれど、やはり、隙を見て逃げよう。

そう心に決めた花は、出された食事をとり、大人しくしていた。

時はすぐに経《た》ち、花は名も知らない店の女に呼ばれて、部屋から出た。

帳場がある板の間に出ると、店の戸口に、旅装束《たびしょうぞく》を纏《まと》った男女が待っていた。二人とも、花に向ける眼差しは穏やかだ。勝江の言ったことはほんとうで、楽しい旅なのかもしれないと、一瞬花は思う。

奥から出てきた勝江が、二人に言う。

「この子はうちの宝だから、傷ひとつでも付けたら承知しないよ」

「おまかせください」

男が気を引き締めた顔で答え、女が花の手を引き寄せようとしたその時、表から飛び込むようにして、保坂勇里が入ってきた。

花を見るなり、勇里は目を見張る。

「やはり間違いない。花、わたしだ、わかるな」

花はうなずく。

すると勇里は女を突き離して、花の手を摑んで引き寄せた。

「女将、旗本の娘をどうする気だ。返答によっては許さぬぞ」

刀に手をかける勇里に、見送ろうとしていた店の女たちは悲鳴をあげた。

万蔵が若い衆を連れて出てきた。

勝江はその者たちを恃《たの》んで、強気に出る。

「若様、冗談《じょうだん》はよしてくださいな」

「黙れ。気になったので真島家に確かめに行ったところ、友の一成から、昨日花が町ではぐれて帰らなくなったと聞いたのだ。ここにおるとは言うておらぬゆえ、手向かいせぬなら、このまま黙って連れて帰る。それでよいな」

「それでは、わたしが大損じゃないですか」

怒る風ではなく、困ったような笑みさえ浮かべて、柳のようにしなやかな調子の勝江に対し、勇里もまた、場慣れしている。

懐《ふところ》から紫色の袱紗《ふくさ》を出すと、上がり框《かまち》に置いた。

正座した勝江が手に取った。その仕草が、花には重そうに見えた。

満足そうな笑みを浮かべた勝江は、花に言う。

「捨てられた子かと思っていたけど、お前はわたしなんかとは違うようね。こうして助けてくださる人を、大切になさい」

花は、問わずにはいられなかった。

「わたしのことを、初めから知っていたのですか」

勝江は答えてくれず、横を向いて立ち上がった。

「若様、これに懲《こ》りずいらしてくださいね。このお礼は、たっぷりとさせていただきますから」

重そうな袱紗のことを指す勝江に、勇里は鼻で笑い、花の手を引いて外へ出た。

黙って歩く花だったが、勇里は途中にある氷川明神《ひかわみょうじん》旅所の前で立ち止まり、顔をまじまじと見てきた。

「酷い顔だ」

薄化粧が気に入らないらしく、手を引いて境内《けいだい》に入ると、手水所《ちょうず》の水に手拭《てぬぐ》いを浸し、化粧を拭き取ろうとした。

花は恥ずかしくて離れようとした。

「じっとしていろ」

勇里は厳しく言ったが、態度とは反対に、腫《は》れ物に触るようにして顔を拭った。

「少しはまともになったが、帰ったらちゃんと落とせ」

そう言って先に立った勇里は、境内から出てゆく。

花は小走りで付いて行き、見知らぬ町中を通ってようやく、牛込台に帰った。

勇里に連れられて屋敷に入ると、裏庭で家の者たちが待っていた。一成と霞《かすみ》が安心した顔で駆け寄ってきた。

「花、無事でよかった。その着物はどうしたの。旅装束みたいだけど」

そう言った霞が顔を近づけて、大きな目を少しもまじろがないで見つめる。

「化粧までしているの？」

「これは……」

急に恥ずかしくなった花は、大坂に旅立つところだったと言おうとした。

それを制すように、勇里が声を発した。

「助けてくれた者が着物を貸してくれただけだ。そうだろう花」

合わせろ、という目をされて、花はうなずいた。

「ふぅん」

疑うような目をして下がった霞をどかせて近づいた瑠璃が、心配したのよ、と涙声で言い、強く抱きしめてくれる。

花はつい、ごめんなさい、とあやまった。

そこへ次女の桜《さくら》が来て、見くだした顔で言う。

「どうせ食べ物に気を取られて、お梅とはぐれたのでしょう。ほんとうに食いしん坊なんだから」

皆の前で罵倒《ばとう》された花は、萎縮《いしゅく》した。

すると勇里が、桜を叱った。

「何を言うか。主家の娘から目を離した者こそ罰《ばっ》するべきだ。一成、違うか」

名門保坂家の長男である勇里の厳しい意見に、父に代わって家を守っている一成が得心した。

「お梅」

一成に呼ばれて、下女たちの後ろに隠れるようにしていたお梅が、恐れた顔をして前に出てきた。

一成は厳しく告げる。

「罰として、三日間裏庭の木に縛《しば》り付ける」

以前に罰を受けた者を見たことがあるお梅は、愕然として敷石にひれ伏した。

「それだけはお許しください。死にたくありません」

「だめだ。小弥太《こやた》、今から罰を受けさせよ」

応じた若党が、お梅を立たせて連れて行こうとするのを見て、花が一成の前で両手をついた。

「桜お姉様が言われるとおり、わたしが店の品に気を取られたのが悪かったのです。どうか、お梅をお許しください」

勇里は何も言わないが、一成に厳しい目を向けている。

一成は花の懇願を受け入れ、お梅に告げる。

「花に免じて罰を軽くする。二日の縛り付けを命じる」

お梅が連れて行かれるのを見届けた勇里は、一成に歩み寄った。

「よう目を光らせることだな」

「この礼は、必ずする」

頭を下げる一成の肩をたたいた勇里は、酒でも飲ませてくれ、と豪快に言い、門に向かう。

花が頭を下げると、勇里ははにかんだ表情を見せて帰っていった。

お梅は、下女たちの目に付く場所で縛り付けられた。

食べ物も、水すらも与えられない苦しい罰だ。

一度は売られたと悲観したが、嘘だと言った勝江の言葉を信じて、何者かがほんとうに金を渡して仕組んだとは疑いもしない花は、苦しむお梅を見て胸を痛め、自分を責めた。

丸二日が過ぎ、幸い冷たい雨に遭うことなく、お梅の縄が解かれた。

花は、ぐったりしているお梅に駆け寄った。

「ごめんなさい。ごめんなさい」

あやまっても、お梅は何も言わず、ただ泣いている。それが花に対する罪悪感なのか、悔しさなのか、花にはわからない。

そしてお梅は、次の朝、屋敷から姿を消した。

「手分けをして捜せ！」

一成は家来に命じた。

兼続が雇う前に実家を飛び出しているお梅が実家に帰るはずもなく、他の行き先は、誰も思い付かなかった。

藤は、ここぞとばかりに一成を責めた。

「殿が留守《るす》のあいだに、お梅に何かあったらどうするつもりですか」

「しかし藤殿、お梅のせいで花が危ない目に遭ったのです」

「それを言うなら、外出を許したわたしにも非がありましょう」

「それは違います」

焦る一成に、藤は手を緩めない。

「違うと言うてくれるのでしたら、奥向きのことは今後、勝手に決めてはなりませぬ。此度《こたび》は、一度決めた罰をわたしが覆《くつがえ》せば一成殿の顔を潰《つぶ》すことになるゆえ、黙っていたのですから」

厳しく叱責《しっせき》された一成は、お梅もいなくなったこともあり、藤に頭を下げた。

「わたしが間違っておりました」

藤は顎《あご》を上げて応じ、控《ひか》えている侍女たちに捜すよう命じた。

だが、夕方になっても見つからず、皆があきらめる中、花は、此度出かけた折に、お梅が手を合わせ、心の拠りどころにしているのだと言っていた稲荷の祠を思い出した。

「そこにいるのかも」

そうつぶやいた花は、一成に知らせようとしたのだが、またお梅が兄に叱られるのではないかと心配になり、勝手に屋敷から出て捜しに行った。

急な左内坂《さないざか》を駆け下り、市ヶ谷《いちがや》御門の前にある茶ノ木《ちゃのき》稲荷に入っていった。

境内を捜して奥へ行くと、やはり思ったとおり、お梅は祠の裏で膝《ひざ》を抱えて座っていた。

「お梅！」

はっとした顔を向けたお梅は、弾《はじ》かれたように立ち上がった。途端に涙をあふれさせ、

「ごめんなさい」

深々と頭を下げた。

花は駆け寄って手を差し伸べ、頭を上げさせた。

「悪いのは、はぐれてしまったわたしですから、あやまらないで。わたしのせいで、辛い罰を受けることになって、ほんとうにごめんなさい」

お梅は、堪《こら》え切れない様子でむせび泣いた。

少し落ち着いたところで、花に何か言おうとするのだが、そこに年長の下女のお樹《き》津《つ》が来た。

「お梅！」

きつい声で名を呼ばれたお梅は、身を縮めて下がった。

お樹津は花を一瞥《いちべつ》すると、お梅の腕を摑んだ。

「捜したよ。心配させて」

そう言って強く腕を引っ張り、花には正面に向かず不遜《ふそん》な態度で小さく頭を下げ、怒気を込めた目を向けてきた。

「お嬢様のせいで、可愛いお梅が酷い目に遭いました」

気持ちをぶつけたお樹津は、お梅を連れて境内の外へ向かった。

お梅は花に振り向いていたが、お樹津にまた腕を引かれた。

「行くところがないんだろう。追い出されたいのかい」

こう言われては、お梅はどうしようもない。首を横に振り、お樹津に従って屋敷に帰った。

四

季節が移ろい、夏になった。

お梅は何ごともなく奉公しているのだが、下女たちが花に向ける眼差しは、以前にも増して冷たくなり、特にお樹津の嫌がらせは酷くなっていた。姉たちが幽霊屋敷と呼ぶ亡き祖父母が暮らした離れに近づくのは、たまに本を届けてくれる信義くらいだ。

これが花にとっては、唯一の心の支えになっているといえよう。

だが、信義が来るほどに、娘を嫁《とつ》がせたい者たちの機嫌《きげん》が悪くなっているのを、花は知る由もない。

そしてその怒りは奉公する女たちにも伝染したように広がり、火種が燻《くすぶ》っていた。

花にとって更なる試練は、学問優秀な一成と信義が、洋学を教える蕃書調所《ばんしょしらべしょ》に通いはじめ、信義の足が遠のいた頃からはじまった。

食事を届けるのは、侍女のお志乃《しの》から下女に代わっていたのだが、その者たちが迷惑そうに届ける三度の食事に虫が入っていたり、時には砂も入っているため、食べたくても食べられない日が続いていた。花がそのことを訴えても、下女たちは詫《わ》びるばかりで改善されず、むしろ嫌がらせは酷くなっていった。暑い陽《ひ》の下で放置していたとしか思えぬ食事が届き、腐って食べられない時もあった。

水のみで空腹をしのいでいた花だが、元々華奢《きゃしゃ》な身体が、空腹と夏の暑さに耐《た》えられず、とうとう倒れてしまった。

家の中で気を失っている花を見つけたのは、学問所に通わず、遊び暮らしている勇里だった。

「あの小娘、生きているのだろうか」

口入屋を隠れ蓑《みの》に、女郎屋まがいの商《あきな》いをして稼いでいる勝江の手から助け出して以来、懲りずに女遊びをしに通っていた勇里は、ふと、思ったのだ。

虫の知らせ、ともいうべきであろう。

門番が拒《こば》むはずもなく、難なく屋敷に入った勇里が、庭掃除をしていた小者《こもの》に案内させて離れに来てみると、花は居間で倒れていた。

初めは、呑気《のんき》に昼寝をしていると思った勇里は、

「よう、暇そうだな」

こう声をかけ、土産《みやげ》の羊羹《ようかん》だぞと言ったのだが、まったく反応がないのをいぶかしみ、土足で上がった。

抱き起こしてみれば、前よりもずいぶん痩《や》せこけているではないか。

驚いた勇里は、小者に怒鳴《どな》った。

「飯を食わせておらぬのか！」

「わたしは知らぬことでございます」

うつむく小者に舌打ちをした勇里は、医者を呼べと命じて、花の頰を軽くたたいて声をかけた。

頰がこけてしまっている哀《あわ》れな少女は、呼びかけに応じて、うっすらと瞼《まぶた》を開けた。しかし、勝江の店で会った時のような目力は失《う》せ、生きることをあきらめてしまったような、無気力が伝わってくる。

「死ぬな。しっかりしろ」

「母上のところに、行かせてください」

そう言うのがやっとで、花は目を閉じた。その目尻から流れた涙を拭った勇里は、小者を待っている余裕がなくなり、痩せ細った身体を抱き上げた。

「今助けてやるからな」

知り合いの医者に診《み》させるべく、勇里は裏門から出ると路地を走り抜けた。

保坂家出入りの医者、島崎東伯《しまさきとうはく》は、駆け込んできた勇里が年頃の娘を抱いているのを見て、

「若様、何をやらかしたのですか」

遊びの果《は》てに傷つけてしまったと思い込んだらしく、目を白黒させてそう言った。

「馬鹿、おれが小娘に手を出すものか」

大真面目《おおまじめ》に答える勇里を見て、東伯も親身になった。

診察台に寝かされた花の様子に眉《まゆ》をひそめた東伯は、脈を取るなり、

「これはいかん」

名医の顔つきになって問う。

「何があったのです」

「久しぶりに顔を見に行ったら、倒れていたのだ。家の者も気付いておらぬゆえ、倒れて間がないはずだ」

「それにしても、この痩せ細りようは、長いあいだ飯を食べておりませぬぞ。身体が衰弱《すいじゃく》して、脈も弱い」

「死なせてはならんぞ。なんとかしろ」

「とにかく今は、滋養をとらせることです」

手早く処方箋《しょほうせん》をしたためた東伯は、煎《せん》じた薬湯を持って来ると、気を失っている花を抱き起こし、匙《さじ》で少しずつ飲ませた。

意識がない者に、こぼすこともなく飲ませるのは、医者ならではの技といえようか。

勇里が感心して見ていると、すべて飲ませた東伯は花を仰向《あおむ》けに寝させ、険しい表情で言う。

「どこの娘御ですか」

「助かるか」

名を答えない勇里の気持ちを察した東伯は、うなずいた。

「意識が戻れば、連れて帰ってもよいですぞ」

それに答えるように、花は程なく意識を取り戻した。


学問を終えて帰るなり、一成は花のもとへ急いだ。花を助けた勇里の家来が、わざわざ知らせに走っていたのだ。

そこに家の者は誰一人としておらず、勇里が花のそばに付いていた。熱に苦しんでいる花を心配する一成に顔を向け、厳しい口調で言う。

「こうなるまで、よう放《ほう》っておけたものだ」

一成は目を伏せた。

「学問所に通いはじめたばかりで、忙しかったのだ。それに奥向きのことは、正妻殿にまかせている」

「飯もろくに与えられていなかったようだ。おれが来なければ、危うく死んでしまうところだったのだぞ」

「助けてくれたこと、感謝する」

正座して頭を下げる一成に、勇里は立って言う。

「妹だろう。守ってやれ」

「わかった」

「今は熱が出ている。よう看《み》てやれ」

勇里は、頭を上げない一成を見据《みす》えてそう言い、帰った。

一成は花の額に置かれている手拭いを取り、手を当ててみる。高い熱だった。

手拭いを水で冷やした一成は、奥向きの者が誰一人付いていないのを腹立たしく思い、奥御殿に行った。

心配して抗議する一成に、藤は悪びれもせずに言う。

「ふき殿が亡くなる前に、娘を厳しく育ててほしいと頼まれたから、わたしは遺言どおりにしていたのです。その親心も知らず、わざと食事を断って倒れるなんて、これではまるで、わたしが悪者のようだわね。どうしたものかしら」

困った顔で、そばにいる富《とみ》に助けを求める藤は、一成に気付かれぬよう目配せをした。

心得ている富が、一成に言う。

「藤殿は悪くありませんよ。ふき殿から託されるまでもなく、正妻として、花を我が子同然に躾《しつ》けようとされていたのですから」

一成は、何も言えなくなり目を伏せた。

それを見て、藤が気弱そうに言う。

「わざと倒れて、人を貶《おとし》めようとする恐ろしい子のほうを信じて奥向きのことに口を出すのなら、わたしはもう、何もしません。今日からは、この富殿に代わってもらおうかしら」

富は焦った。

「とんでもないことです。わたしのような愚鈍《ぐどん》な者には荷が重すぎます」

「ではどうしますか」

藤に問われた一成は、瑠璃から、藤は大変だと言われて育っているだけに、優しい母親にお鉢が回るのを恐れた。何より、長男としてなんの苦労もなく成長した無垢《むく》な心が、親友とはいえ日頃女に関しては評判の悪い勇里の忠告よりも、藤と富を信じてしまうのだ。

「藤殿は、悪くなかったようです」

引き下がった一成に、藤は言う。

「まあ、放っていたわたしも悪いのですから、これからは、もっと気をかけて、性根をたたきなおしてやりましょう。それが、花のためになりますから」

「お願いします」

頭を下げる一成を見て、藤と富はほくそ笑んだ。

翌日になっても、花の熱は下がらなかった。

離れで一人、布団に臥《ふ》して苦しんでいる花を見かねた霞が、家に帰って瑠璃に言う。

「花が元気になるまで、わたしがそばにいます」

看病に行こうとしたが、瑠璃が止めた。

「藤殿に目を付けられるから、やめておきなさい」

「でも……」

「今日は一成殿が医者を連れてくるそうだから、大丈夫。あなたが世話を焼くまでもなく、下女たちにまかせておきなさい」

霞はようやく応じて、自分の部屋に戻った。

安堵《あんど》の息を吐いた瑠璃は文机《ふづくえ》に向かい、重ねて隠していた書物を取り、これまで読み進めていた、愛憎劇を題材にした戯作《げさく》の続きに目を走らせた。

瑠璃が言ったとおり、程なく一成は、四井《よつい》玄才《げんさい》を連れて花のところへきた。

花を用心深く診た玄才は、穏やかな顔を一成に向けた。

「たいしたことはありませぬぞ。栄養をしっかりとれば、すぐに良うなります。絶食をしていたのなら、とりあえず粥《かゆ》からはじめるとよいでしょう」

「薬はいりませぬか」

玄才はうなずく。

「病でもないのに、身体に入れなくてよろしい。なんでも好き嫌いをせずに食べればよいのです」

「はは」

帰る玄才を見送って表門まで出た一成は、奥御殿に戻り、藤に報告した。

「ご苦労でした。あとは、おまかせあれ」

藤はそう言うと、お樹津に世話をさせるよう、澤《さわ》に指図した。

澤から藤の気持ちを含まれたお樹津は、媚《こ》びた態度で引き受け、支度にかかった。

湯気が上がる粥の中に卵を割って落とし、適当にかき混ぜて蓋《ふた》をすると、岡持ちに入れて台所から出ていく。

小道を歩いて離れに着く頃には、熱々だった粥は、食べ頃になっている。

「花お嬢様、美味しい玉子粥を持ってまいりました」

裏庭で優しく声をかけたお樹津は、草履《ぞうり》を脱《ぬ》いで縁側から上がり、花が寝ている臥《ふし》所《ど》に顔を出した。花のそばに一成がいた。

あ、と声をあげたお樹津に、一成は微笑む。

「そう驚くな。可愛い妹だから心配なのだ。また拒むと元気にならぬから、わたしが食べさせてやろう」

花に手を添えて座らせた一成は、岡持ちを持ったままぼうっと立っているお樹津に向く。

「何をしている。早く出さぬか」

お樹津は酷く動揺した。

その様子に気付いた一成が、岡持ちを奪い取って置き、粥の蓋を取ってみると、鼻を突く腐臭がした。腐った卵で作っていたのだ。

「これはなんだ！」

怒鳴った一成は、へたり込んだお樹津を問い詰める。

「答えろ。お前の仕業《しわざ》か」

するとお樹津は、畳に突っ伏し、泣き声で訴えた。

「花お嬢様に日頃意地悪をされておりましたから、今なら仕返しができると思い、つい……」

「偽《いつわ》りを申すな！　花が意地悪をするものか」

「ほんとうです！」

必死の形相《ぎようそう》を上げたお樹津は、着物の袖をまくり上げて見せた。手首から肩にかけて、紫の痣《あざ》ができている。

「先日花お嬢様に、棒で打たれた痕《あと》です」

泣いて訴えたお樹津は、額を畳に擦り付け、嘘ではないと叫んだ。

花は熱に苦しみながらも、力のない声で兄に言う。

「身に覚えのないことです」

そこへ藤が来た。

すがって助けを求めたお樹津から話を聞いた藤は、怒気を浮かべた目を花に向ける。

「やはり、あの噂《うわさ》はまことだったようですね」

花は首を横に振った。

「しておりませぬ」

「お黙り」

きつく言う藤に、一成は双方を取り調べるべきだと訴えた。だが藤は聞かぬ。

「お樹津は長年尽《つ》くしてくれた者です。それに、その痛々しい腕が証《あかし》ではありませぬか」

「しかし……」

「口出しは控えると約束したばかりでありましょう」

そう言われては、一成は口を閉ざすしかない。

藤は、厳しくお樹津に命じる。

「その腐った玉子の粥を花に食べさせなさい」

お樹津は言われるまま粥の器を持ったが、一成が止めた。

「身体が弱っているところへ腐った物を与えては、死んでしまいます。花への罰は、身体が治り次第《しだい》わたしから与えますから、今日のところは藤殿、ご容赦《ようしゃ》ください」

藤は厳しい目を一成に向けた。

「殿より留守を預かった者として、花に罰を与えるのですか」

「はい」

藤は目を伏せた。

「それならば、従いましょう。お樹津は不問にいたしますが、よいですね」

一成はうなずき、粥を作りなおすよう命じた。

下がったお樹津は、命じられたとおり玉子粥を作ってきた。

残っていた一成はお樹津を下がらせ、自ら食べさせようとしたのだが、花は食べようとしない。

一言もしゃべらない花に、一成は優しく言う。

「お前が下女を痛めつけていないのはわかっている。藤殿の手前、ああ言うしかなかったのだ。わたしの立場もわかってくれ」

ほとほと困った一成の気持ちを汲んだ花は、身を起こした。

「自分で食べます」

痩せ細った手で器を受け取った花は、粥を口にする。

「旨《うま》いか」

一成が問うと、花は涙が止まらなくなった。

五

翌日、花はようやく熱が下がった。

朝に届けられた粥も、一成のおかげで食べることができ、少しだけ力が出た気がする。

次の日、花が病と聞いた信義が見舞いに来た。

一成と共に花の元へ行く姿を見た楓《かえで》は、そっとあとに続いた。

庭に忍び込み、木陰から二人が花の部屋に入るのを見ていた楓は、元気が出る薬と、甘いあんころ餅《もち》を渡されて喜ぶ花を見て、嫉妬《しっと》のあまり松の小枝を折った。その時に尖《とが》った葉の先端が爪《つめ》のあいだに入ってしまい、ちくりとしたので見ると、血が浮き出てきた。

痛みと嫉妬で花を逆恨《さかうら》みした楓は、家に戻って富に泣き付いた。

「花は、信義殿の気を引くためにわざと病気になったに違いありませぬ。母上、このままでいいのですか」

涙を流して悔しがる娘可愛さに、富は花に激昂《げっこう》した。

「母親が母親なら、娘も娘よ。女狐《めぎつね》親子め」

ふきに兼続の寵愛《ちょうあい》を奪われた恨みが娘と重なった富は、母屋に走り、藤に訴えた。

花を疎《うと》んじる藤は、まさか信義が見舞いをするとは思ってもいなかったらしく、富よりも焦り、腹を立てた。

「桜が熱を出した時にも来なかったというのに」

我が娘こそが信義にふさわしいと信じて疑わない藤は、訪ねる口実を断つべく、すぐさま手を打った。お樹津を呼び、花を一日も早く治せと命じたのだ。

その日から、花に届けられる食事は大幅に改善し、精の付く物ばかりになった。薬も出されたおかげで、花は八日後には、すっかり元気になった。

お樹津から報告を受けた藤は、手ぐすねを引いて待っていたとばかりに動き、一成のところに行った。

ところが、一成は学問所から真っ直ぐ瑠璃の家に帰り、親子で話をしているところだった。

遠慮《えんりよ》なく押しかけた藤は、したり顔で告げる。

「花の病が治れば罰を与える約束でしたが、そろそろよろしいのでは」

二言を許さぬ、という態度を向けられた一成は、不承不承に応じる。

「では、ひと月ほど、離れで謹慎《きんしん》させましょう」

瑠璃が妙案だと褒《ほ》めて続ける。

「花は元気になったとはいえ、元々丈夫なほうではなく病み上がりですから、この際、人との接触を断たせて、ゆっくり養生《ようじょう》させてはどうでしょう」

　すると藤が怒気を浮かべた。

「花は母親が死んで以来離れに引き籠《こ》もっているのですから、それは罰とは言えませぬ。下女たちと働かせます」

「花は病み上がりですから、あまりにも酷《こく》です」

　一成は抗議したが、瑠璃が袖を引いて止めた。

　母の立場が悪くなるのを恐れた一成は、従って問う。

「期日は、ひと月でよろしいですか」

　藤は立ち上がり、

「奥向きを取り仕切るわたしの許しが出るまでとしてくだされ」

　そう言い置き、聞く耳は持たないとばかりに奥御殿に帰った。

　その日のうちに、花は下働きを命じられた。

　お樹津の預かりとなった花は、朝早く離れを出て台所に行き、きつい仕事をさせられた。

　奥御殿の拭き掃除をし、それが終われば洗濯《せんたく》をさせられ、食事をとる暇もないほどこき使われた。

　朝は暗いうちから働き、夜は藤が寝るまで、離れに帰ることを許されなかった。

お樹津はそんな花を目の敵《かたき》にし、些細《ささい》なことを指摘して怒鳴り、唯一の楽しみである食事を奪った。

それでも花は、文句ひとつ言わず身を粉にして働いた。

ある日、花を見かねたお梅が、藤の部屋の明かりが消えるまで、廊下の片隅《かたすみ》で控えている花のところに行くと、こっそり包みを手に取らせた。小声で、握り飯だという。

驚いた花は、

「お梅が叱られます」

そう言って返そうとしたのだが、お梅は受け取らない。

包みを開けて差し出された花は、戸惑った。

「今のうちに、早く食べてください」

握り飯に唾《つば》を飲み込んだ花は、ひとつ食べた。

お梅は、花が夢中で食べる姿に目を潤《うる》ませているが、日本橋での件は固く口止めをされているため、決して真相を話さない。

そんなお梅に対し、花も日本橋のことは訊こうともせず、感謝の気持ちを述べるのだった。

次第にお梅は、花に対する気持ちが変化してゆき、十日が過ぎた頃には、出される食事が少なければ、こっそりと、おかずを増やしてくれるようになった。

会話も弾《はず》むようになったある日、お梅は花と二人きりになったところで訊いた。

「花様は、辛い仕打ちをされているのに、どうしてそう明るくできるのですか」

お梅が増やしてくれた甘い厚焼き玉子を食べていた花は、箸《はし》を揃えて置き、朗《ほが》らかに答える。

「母が、笑顔を絶《た》やさなければ、福の神が来てくださって幸せになれるとおっしゃっていたから」

お梅は、母親の言葉を信じている花の純真な心に触れて、哀《あわ》れみを向けた。

「親なんて、いいかげんで、自分に都合がいいことしか言いません。花様は、人の言うことなんかじゃなくて、自分だけを信じてください」

「心配してくれてありがとう。でも、母の教えだけは信じたいの」

「母親なんて……」

急に悔しそうに唇を噛んだお梅の態度が、花は気になった。

「家を飛び出したのは、お母上のせいなの」

お梅はうなずいた。

江戸の郊外にある小さな町の長屋で生まれ育ったお梅は、博打《ばくち》好きの母親が作った借金のせいで父親が出ていき、新しい男を作った母親から邪魔者扱いされていた。

十三歳の時、その男に手籠《てご》めにされそうになったお梅だったが、博打から帰った母親のおかげで助かった。

だが母親は男を責めず、お梅が色目を使ったなどと言って狂乱し、殺されそうになったので家から逃げ出したのだ。

行くあてもなく江戸に来て、人が集まるところで物乞《ものご》い同然の暮らしをしていたところ、口入屋に声をかけられた。

真島家に出入りがあったその口入屋の紹介で、お梅は掃《は》きだめのようなところから抜け出せたのだ。

身の上話を聞かされた花は、辛い目に遭っていたお梅の手を取った。

「今は、幸せなの」

お梅はうなずいた。

「皆さんがよくしてくださいますから」

「良かった」

「花様は、幸せなのですか」

目を見て問うお梅は、心配してくれている。

そう思った花は、微笑んだ。

思いを吐き出さぬ花に、お梅は言う。

「お父上がお戻りになれば、このような仕打ちをされなくなるはずですから、それまで辛抱《しんぼう》してください。わたしは、花様の味方です」

手をにぎり返してきたお梅の真心が嬉しくて、花は涙をこぼした。

裏庭で身を隠し、話を聞いていた一成は、心優しい花を助けてやれぬ己の非力を悔いたような顔をしている。手に持っていた団子を渡すことができず、足早に立ち去った。

秋が深まっても、花の苦行は許されなかった。

救いといえば、一成がたまにではあるが、美味しい菓子をくれたり、励ましたりしてくれていることだろうか。もうひとつは、お梅の優しさだ。

今や心の友といえる存在になったお梅のおかげで、ここまで耐《た》えることができたのかもしれない。

寒さが増したある日、花はお樹津に命じられるまま、朝から袷《あわせ》の着物一枚で外に出て、落ち葉を掃除していた。

そこへ一成が来て、

「これは母からだ」

と言い、綿入りの半纏《はんてん》を着させてくれた。

打掛しか持っていなかった花は、仕事でも着られる半纏がありがたかった。

礼を言う花に、遠慮はいらぬと言って戻る一成を見送った花は、温かい半纏の襟《えり》を引き寄せて、掃除を続けた。

それを遠くから見ていたお樹津が、枯れ葉を集めて戻っていた花の前に現れ、意地悪く言う。

「おや、良い半纏を着ているわね。お見せ」

藤の息がかかっているお樹津は、もはや花を目下の者扱いだ。強く引き寄せて生地を確かめると、

「生意気な」

そう吐き捨て、無理やり奪った。

「何をするのです。兄上からいただいた物ですから返して」

「罰を受けている者にこんな上等な物を着させては、わたしが奥方様に叱られるんだよ」

悪意の所業を、下女たちは誰も止めようとしない。お樹津を恐れているのだ。

突き飛ばされて倒れた花に手を差し伸べてくれたのは、お梅だった。

するとお樹津は、不機嫌になって告げる。

「二人は仲が良いようだから、いい仕事をさせてあげる。わたしたちが使う厠の肥溜《こえだめ》がいっぱいだから、二人で汲《く》み取りなさい」

お梅は驚いた。

「それは、男衆の仕事です」

「わたしに口答えをするとは生意気な」

お樹津は激昂し、お梅を棒で打った。

花はお梅をかばい、棒を振り上げるお樹津に言う。

「わかりました。言うとおりにしますから、もうおやめください」

お樹津は棒を投げ捨て、

「日が暮れる前に終わらせなさい」

と言い、皆を連れて台所に引き上げた。

花は、腕を痛がるお梅にあやまった。

「わたしのせいで、ごめんなさい」

お梅は微笑んで首を横に振る。

「花様と一緒ですから、辛くなんてありません」

花はお梅を抱きしめた。

「ごめんなさい」

あふれる涙を拭ってくれたお梅も、涙を流していた。

旗本の姫として優雅な暮らしをする姉たちを見ても、花は決して、感情を表に出さなくなった。

姉たちが座敷で楽しく習いごとをしていても、花は庭の掃除を黙然と続けている。

そんな姿を見た藤は、心が死んだと思い満足し、富とほくそ笑む。

だが後日、お梅と仲良くしている花の笑顔を見た藤は、

「あの顔、ふきにそっくりだわね」

そばにいる富に、憎々しげにこぼした。

富が、花に意地の悪い目を向けて言う。

「お梅が心の支えになっているようです」

「ならば、良い考えがあります」

藤は侍女の澤に、花に気付かれずにお梅を連れてくるよう命じた。

程なく裏庭から来たお梅は、恐々とした面持ちで近づき、地べたにうずくまった。

縁側に立った藤は、見くだして口を開く。

「行き場のないお前を助けてやった恩を、まだ返してもらっていませんね。お樹津から働きが悪いと聞いています。奉公する気がないなら口入屋に申しつけて、母親のところへ送り返しましょうか」

家を飛び出した身のお梅は、帰れば何をされるかわからない。

お梅は、額を地べたに当てて平身低頭した。

「なんでもしますから、それだけはお許しください」

「顔をお上げ」

厳しく言われて、お梅は頭を上げた。冷や汗を浮かべる額には砂が付き、すり傷にもなっている。

必死さを読み取った藤は、片笑んで告げる。

「なんでもすると言いましたね」

「いたします」

「ならば、花とこれまでどおり仲良くしていなさい。ただし、澤に日々の行動をつぶさに報告すること。特に、殿方と会ったりした時は、隠してはなりませぬ」

間者《かんじゃ》の真似《まね》ごとを命じられて、お梅は躊躇《ためら》った。だが、母親のところへ送り返される恐怖に負け、自分の身可愛さに頭を下げた。

「仰せのとおりにいたします」

「裏切れば、許しませぬ」

厳しく言われたお梅は、背中を丸めて下がった。

六

江戸の空は、からりと晴れ渡っていた。

一成の計らいで、一日暇をもらった花は、ずっと手付かずで気になっていた庭の枯草をむしり、祖父が大切にしていた松の木の周囲を掃除していた。

「花、せっかく暇を得たというのに何をしておるのだ」

背後でした一成の声に応じて振り向いた花は、はっとして立ち上がった。信義と勇里が共にいたからだ。

信義が、驚きを隠さぬ面持ちで口を開く。

「苦行をさせられていると聞いたが、少し見ないあいだに、ずいぶん痩せた」

「おれは、これぐらいが好みだぞ」

乙女心を知ってか知らずか、勇里はそう言って微笑んだ。

信義は心配そうな顔をして歩み寄り、立ってうつむく花の前に一冊の本を差し出した。

草色の無地の表紙に、「蝦夷《えぞ》の旅」と白文字で書いてある。

顔を上げた花に、信義は優しい笑みを浮かべて告げる。

「一人で蝦夷を旅した男の自伝だ。熊《くま》や狐《きつね》、とっかり（アザラシ）などを観察したおもしろい書物ゆえ、暇つぶしに読んでみるといい」

未知の地を詳しく知ることができると思った花は、胸を弾ませた。

「ありがとうございます」

「お、良い顔になった」

横から割って入る勇里に、花は笑顔で応じる。

すると勇里は、背中に隠していた右腕を出した。手には、桐《きり》の箱を持っている。

「一成のせいで、ろくな飯を食わせてもらっていないのだろう。饅頭だ、夜食代わりにするといい」

手拭いで手の土を落とした花は、本と饅頭の箱をありがたく受け取った。

一成が不服そうに、勇里を小突いた。

「わたしの身にもなってくれ。花を助けたいのはやまやまだ」

正妻の子ではない一成の苦労を知っている勇里は、花に言う。

「お父上が戻られるまでの辛抱だ。困ったことがあれば遠慮なく言え。信義が助けてくれる」

「お前ではないのか」

一成に突っ込まれても、勇里は薄笑いを浮かべて答えない。

信義が言う。

「勇里が言うとおりだ。わたしにできることがあれば助けるから、遠慮はいらないぞ」

三人の優しさが身に染みた花は、涙を見せてはいけないと自分に言い聞かせ、気持ちを強く持った。

「ありがとうございます。でも、大丈夫です。勇里殿がおっしゃるとおり、父の帰りを待ちます」

笑顔で頭を下げると、三人は安堵した様子で帰っていった。

表で見送った花は、部屋に入って饅頭を母の位牌《いはい》に供え、本を棚にしまった。

「花お嬢様」

庭でしたお梅の声に微笑んだ花は、棚の戸を閉めて廊下に出た。

昼餉《ひるげ》を届けてくれたお梅に、花は恐縮した。

「ごめんなさい。皆さんのところでいただくつもりだったのに」

お梅は微笑んだ。

「お休みの時は、花お嬢様ですから」

そう言って置いてくれた膳《ぜん》には、鯖《さば》の醤油煮《しょうゆに》が付いていた。

味わって食べていると、お梅がそれとなく訊いてきた。

「来る途中で、若殿様たちとすれ違いました。ここに来られていたのですか」

「ええ」

花は、信頼するお梅に隠さず話して、

「そうだ」

と言って母の位牌に手を合わせ、桐の箱を下げた。

「これをいただいたから、召し上がれ」

蓋を取って差し出すと、お梅は目を見開いた。

それは花も同じ思いだった。勇里は饅頭だと言っていたのに、中身は違っていたからだ。

落雁《らくがん》と最中《もなか》が並び、緑、黄、桜、白の色とりどりの金平糖《こんぺいとう》がちりばめられた箱の中は、美しい作品といえる。

「食べるのが勿体《もったい》ないほどですね」

すっかり乙女の顔になっているお梅に、花は促す。

「遠慮しないで、好きなのをいっぱい取って」

お梅は手を伸ばそうとして、躊躇った。

「でも持って帰れば、お樹津さんに取り上げられてしまいます」

そのとおりだと思った花は、微笑んで言う。

「では、ここで食べて行って」

するとお梅は嬉しそうに、桜色の金平糖を選んで口に入れ、目を細めた。

「あまぁい」

「よかった。もっといっぱい食べて」

花はそう言って、食事に箸を付けた。

「綺麗《きれい》」

菓子を喜んだお梅は、夕餉の膳も持って来るから、今日は母屋に来ないでくださいと言い、帰っていった。

花はお梅のおかげで、苦手な人たちの顔を一日見ずにすみ、信義が貸してくれた蝦夷の本を堪能《たんのう》した。

すべて読まず、一日の楽しみにしていた花は、翌日は夜まで苦行に耐え、疲れ果てて離れに帰った。

それでも、勇里がくれた甘い菓子で疲れを吹き飛ばし、大好きな本を読むべく、棚を開けた。

だが、今朝まであったはずの本が消えていた。

離れに誰かが来たはずはないと思う花は、自分の勘違いを疑い家中を探したがどこにも見当たらず、途方に暮れた。

夜も眠れず過ごした花は、暇を見つけて一成に助けを求めると決めて朝を待ち、身支度をすませて離れを出た。

まだ暗い小道を歩いて仕事に向かった花は、一成に話しかける機をうかがっていたのだが、お樹津に暇なく命じられて働いているうちに、一成は学問所に行ってしまった。

肩を落とす間も与えぬお樹津は、花に命じる。

「お嬢様がたに茶菓を持って行きなさい」

罰を与えられて以来、姉たちに茶を持って行くのは初めてのことだった。

無情の仕打ちに、他の下女たちは手を止めて見ていたが、お樹津が目を向けると、何ごともなかったように仕事に戻った。

お梅は花を見ようとせず、黙々と働いている。

お樹津が用意した茶菓を載せた折敷《おしき》を持った花は、姉たちが習いごとをしている座敷へ運んだ。

八畳の座敷の前で止まったお樹津が、猫なで声で茶菓をお持ちしましたと言い、花に厳しく促す。

座敷に入る花に対し、桜と楓は、蔑《さげす》んだ目を向けた。

霞は、哀れみを含んだ面持ちで、花のことを見守っている。

菓子の皿と、湯呑み茶碗《ぢゃわん》をそれぞれの前に置いた花が下がろうとすると、楓がこれ見よがしに口を開いた。

「そういえばお姉様、この本はすごく楽しいですよ」

楓が自慢する本を見た花は、目を疑い、息が詰まった。昨日から探していた信義の本だったからだ。

興味がなさそうな桜を見た花は、楓に言う。

「その本は、信義様がわたしに貸してくださったものですから返してください」

裏表紙に信義の名を見た花は、手を差し出したのだが、楓は本を胸に抱き、不機嫌な顔をした。

「何を言うのよ。この本は今朝、わたくしの部屋の前に置いてあったのです」

「嘘です！」

楓は目を丸くした。

「わたしを嘘つき呼ばわりするつもり！」

楓が勝手に部屋に入ったと決めつけた花は、奪おうとして手を伸ばしたのだが、拒む楓と揉《も》み合いになった。

「何をしているのです！」

大声に振り向くと、藤と富が来ていた。

正座して身を縮める花を横目に、楓が富に泣き付いた。

「信義様がわたしのためにこっそり置いてくださったこの本を、花が自分の物だと言い張って聞かないのです」

花は首を横に振った。

「違います。確かに信義様から……」

借りたものだと言い終える前に、富に頬を平手打ちされた花は、姉たちの茶菓に倒れ込み、こぼれた茶と菓子で着物が汚れた。

「この子は、どこまで意地汚いの。人の物を奪おうとするとは何ごとです！」

何を言っても悪者にされてしまうのが悲しい花だが、もう涙も出ない。

あきらめ、黙って下がろうとした花の前に、藤が立ちはだかった。

「姉に言いがかりを付けて貶《おとし》めようとしたくせに、逃げられると思っているのですか。澤、罰として、花を蔵へ閉じ込めなさい」

「承知いたしました」

澤は恐ろしい形相で花の腕を掴み、庭に引きずり下ろした。

真っ暗な米蔵に丸二日間、水も与えられず閉じ込められてようやく出された花は、晴れた外が眩《まぶ》しすぎて、目が開けられなかった。

澤は、水を入れた皿を蔵の戸口に置いて立ち去った。

喉《のど》が渇《かわ》いていた花は両手で持ち、むさぼるように飲んだ。

「ふん、まるで犬だわ」

嘲《あざけ》る声が聞こえたので見ると、お樹津がお志乃と歩いてきた。

お志乃が、小さな握り飯をひとつくれた。

花が空腹を満たす間もなく、お樹津が意地悪く命じたのは、屋敷中の拭き掃除だった。

「二日も休んだんだから、力が有り余っているでしょう。食べたらすぐかかりな」

お樹津はそう言うと、ああ忙しい、と吐き捨てて去る。

もはや抵抗する気力などない花は、お志乃に連れて行かれるまま一日無言で働き、夕方に解放されて、疲れ果てて離れに戻った。

垣根の裏手の木戸を開け、ふらつきながら家に向かって歩いていると、勇里が縁側に腰かけていた。

赤く染まった西の空を眺めていた勇里は、花が近づくと立ち上がり、駆け寄ってきた。

「また、酷い目に遭わされたようだな」

手を差し伸べ、縁側に座らせた勇里は、表情がない花を心配し、両肩を摑んだ。

「見ている者は必ずいるから、負けるな」

そう言われた花は、勇里の胸をたたいた。

黙って受け止める勇里に、花はふたたび、三度《みたび》たたいているうちに涙が出てきた。

「いったい誰が見ているというのですか」

辛い気持ちを吐き出して泣く花に、何か言いかけた勇里だったが、お梅が来たので足早に立ち去った。

勇里を目で追ったお梅は、花に駆け寄った。

「何か酷いことを言われたのですか」

花はかぶりを振った。

「もう泣かないで」

涙を手拭いで拭いたお梅は、持っていた包みを花の横に置いて開くと、握り飯を差し出した。

朝にひとつもらっただけで食事もろくにとれていなかった花は、夢中で食べた。

そんな花の姿を陰から見ていた勇里は、戻ってきたお梅を捕まえ、板塀に押し当てて厳しく告げた。

「お前が信義の本を持ち出すのを、この目で見たぞ」

お梅は愕然《がくぜん》として、声も出ないほど怯《おび》えた。

「誰に言われてやったのだ」

お梅は大粒の涙を流すばかりで、答えようとしない。

そこで勇里は、一計を思い付く。

「このことを花に言おうか」

そう脅《おど》すと、お梅は腕にしがみ付いた。

「それだけはやめてください。後生ですから」

「どうしていけぬ。花に悪さをできなくなるからか」

「違います。嫌われたくないのです」

「貶めておいて、それを言うか」

厳しく言う勇里に、お梅は地べたで平身低頭した。

お梅は脅されてやったに違いない。

泣いているお梅を見て心情を読んだ勇里は、頭を上げさせた。

「ほんとうに花を大事に思う気持ちに偽《いつわ》りはないならば、行動で示せ。どうして花を裏切ったのだ」

お梅は顔を歪《ゆが》めて、どうにもならぬ気持ちを明かした。

「花お嬢様のことをつぶさにご報告しないと、母親の許に戻されるのです。家を逃げ出した身ですから、帰れば何をされるかわかりませぬ。自分の身可愛さに、言いなりになっていました」

勇里はうなずく。

「そういうことか。理由は何であれ、あるじに逆らえぬのは道理だ。だが、これからは花のためにうまく立ち回れ」

「どうすればよいか、わたしにはわかりませぬ」

「花に都合が悪いことは、適当に誤魔化《ごまか》せばよいのだ」

お梅は、気分が晴れたような顔をした。

「わかりました。そうします」

「もうひとつ……」

今から言うとおりにしろと告げた勇里から知恵を授けられたお梅は、涙を拭い、真剣な面持ちでうなずいた。

翌日、お梅は信義の本を返さない楓が妾宅《しょうたく》に帰るのを追って行き、こっそり教える体で、声を潜《ひそ》める。

「花お嬢様が、また信義様に本を借りました」

お梅は藤の手先だと疑わない楓は、奥御殿で掃除をしている花に嫉妬の目を向け、次はどのような本なのか訊く。

お梅は、芝居《しばい》だと気付かれやしないかやきもきしつつも、花のために勇気を振りしぼって続ける。

「源氏《げんじ》物語でした」

すると、花を見ていた楓が驚いた顔をお梅に向けた。

「まことに信義様は、花に恋物語を渡したの」

「はい」

楓は顔を歪め、生垣の葉をむしって悔しがった。

焦っていると思ったお梅は、勇里の教えどおりに切り出す。

「蝦夷の旅と、交換させてはいかがですか」

楓はお梅の手を摑んで家に連れて帰ると、庭に待たせて自分の部屋に上がった。そして、蝦夷の旅を持って出ると、お梅の前に投げ落として言う。

「さっさと取り替えて来なさい」

蝦夷の旅を拾って下がったお梅は、花の家に急いだ。

誰もいないはずの家に上がり、花の部屋に忍び込む。

その姿を、楓は密かに見ていた。ほんとうなのか確かめるよう、本を取りに戻った折に、富に言われたからだ。

お梅とて、それは承知のうえの行動だ。

花の部屋に入って障子を閉めたお梅は、

「うまくいきました」

小声で告げた。

すると、奥の襖《ふすま》がゆっくりと開き、花がいないあいだに忍び込んでいた勇里が顔を出した。差し出した源氏物語には、勇里が信義の字を真似て名を書き込んでいる。

確かめたお梅は、蝦夷の旅と交換し、勇里に頭を下げた。

出ていこうとするお梅に、勇里が言う。

「そなたの花を思う気持ちはよくわかった。誰に操られているかは言わずとも想像はつく。立場もあろうから、逆らえとは言わぬ。だが、花が貶められるようなことは、二度とするな」

「はい」

「よう考えて、うまくやれ」

頭を下げたお梅は、偽物《にせもの》の本を大切そうに持って出ていった。

もうすぐ花が帰る頃だと思った勇里は、そのまま部屋で待った。

日が暮れても待ち続けた勇里は、

「おれも、大馬鹿者だ」

独《ひと》り言《ご》ちて苦笑いを浮かべているところへ、花が帰ってきた。

疲れ果てた顔をした花は、部屋の明かりをつけた時に勇里がいたので仰天《ぎょうてん》し、声も出ず尻餅《しりもち》をついた。

「驚かせてすまぬ」

勇里だとわかった花は、胸を押さえて首《こうべ》を垂れ、大きな息を吐いた。

「死ぬかと思いました」

「悪かった。明かりをつけていれば、怪しまれるからな」

「何をされているのです」

「見てのとおり、お前を待っていた」

あっけらかんと言う勇里に、花は正座して向き合い、目を見た。

「いかがなされたのですか」

怒るどころか、何かあったのか心配する花に、勇里は微笑む。

「これを、取り戻してやったぞ」

蝦夷の旅を見た花は、目を見開いた。

「どうやって……」

「それはいいから聞け。これからは、ここはお前の家であって、そうではないと思え。二度と油断するな。大切な物は人に見せず、隠しておけ」

受け取った花は勇里に礼を言い、本を胸に抱いた。

それを見た勇里は悲しそうな表情をするのだが、花と目が合うと微笑み、帰っていった。

第三章 秘めた想い

一

年が明けて春になっても、花《はな》の苦行は許されなかった。

兼続《かねつぐ》がいない真島《ましま》家の者たちは、変わらぬ暮らしをしている。

腹違いの姉たちが琴や茶道、香道といった習いごとを重ねる中、花は冷たい水でできたあかぎれの痛みに悩まされながら、懸命《けんめい》に働いている。

いっぽう、我欲の塊《かたまり》である正妻と妾《めかけ》たちは、自分の娘を名門の青山《あおやま》家に嫁《とつ》がせるべく肚《はら》の探り合いをして、もっとも有望な花を虐《しいた》げ、心を殺そうとしているのだ。

そして藤《ふじ》は、信義《のぶよし》獲得に動きだした。

信義が一成《かずなり》を訪ねて来るたび食事に招いて桜《さくら》に給仕をさせ、可愛《かわい》い娘に気が向くよう仕掛けたのだ。

だが信義は、一成と学問の話をし、激動の世の中を語るのみで、そばにいる桜に興味がないような態度を取る。

相手にされず悲しむ桜を見て、藤は心配しなくても大丈夫だと励まし、次の手に出るのだった。

そして取った行動は、兼続の大叔父《おおおじ》、真島基次《もとつぐ》に付け届けを持って行き、信義と桜を夫婦にするため、大坂《おおさか》の兼続へ文《ふみ》を送るよう図《はか》った。

藤は、大叔父が妾たちと付き合いがないのをいいことに、信義と桜は相惚《あいぼ》れのようだから、縁談を進めたい、と書かせたのだ。

早飛脚で送られた大叔父の文は兼続に届き、桜が咲く頃《ころ》に来た返事には、

「良縁を進めるように」

と書かれていた。

歓喜して手を打ち鳴らした藤は、さっそく仲人《なこうど》を立て、青山家に縁談を持ちかけた。

だが、仲人は冷や汗をかきながら藤のもとへ来て、

「この件は、兼続殿が戻られてから改めて、と申されました」

そう報告した。

役立たずと怒る藤に対し仲人は、兼続が承諾《しょうだく》した文を先方に見せても、あるじ同士、顔を合わせて話したいと言われたという。

この話は、すぐさま妾たちの耳に入った。

富《とみ》などは、

「ようは、角が立たぬよう縁談自体を断られたのよ。抜けがけしようとしたのだろうけど、いい気味ね」

などと陰《かげ》で笑い、可愛い楓《かえで》に続ける。

「お前は美しいから、本気になれば、必ず信義殿の目に留まるわよ」

そうして相惚れにする自信満々で策を弄《ろう》し、うまく二人きりにさせることに成功した。

楓は身を寄せるまではせずとも、気を引かせる眼差《まなざ》しを送り、慕《した》っている想《おも》いを匂《にお》わせる言葉を詩に書いて見せ、できうる限りの手を尽《つ》くした。

だが、信義はまったくなびかない。それどころか、

「そなたのことは、妹と思っている」

はっきりと言われたのだ。

楓は笑って応じるも、信義が帰っていくと、富の前で号泣して悔しがった。

藤と富のこうした奮闘は、信義の無二の親友である一成の頭を悩ませた。

「信義は、心に決めた人がいるようなのだ」

母の顔を見に来た一成からそう聞いた霞《かすみ》は、期待に目を輝かせた。

「もしかしてそれは、わたしですか」

一成は浮かぬ顔を横に振る。

「そう思い訊《き》いたのだが、笑ってはぐらかされた。どうやら違うぞ」

霞はおそるおそる問う。

「まさか、花ですか」

「それも訊いたが、答えない」

煮え切らぬ一成の態度で不安になった霞は、確かめてくれと頼むが、一成は、しつこく問うのはみっともないから、やめておこうと言う。

苛立《いらだ》った霞は、一成のために食事の支度《したく》をしている瑠璃《るり》のところに行き、信義は花を想っているかもしれないと言った。

蛤《はまぐり》の吸い物の味を見ていた瑠璃は、心中穏やかでない。だが、決して顔には出さず、娘を叱《しか》った。

「わかりもしないことを気に病んで、騒ぎ立てるのはおよしなさい」

「でも母上、考えてみればそうですよ。信義殿はいつも花のことを気にされて、本も貸したりしてらっしゃるのですから」

瑠璃は霞の両手を摑《つか》んで言い聞かせる。

「いいこと、そうやって騒いだら、花が警戒《けいかい》して殻《から》に閉じ籠《こ》もってしまうからおやめなさい。恋敵《こいがたき》と思うのならなおのこと、花の気持ちを知る必要があります」

「どうしろとおっしゃるのです」

「今までどおり、優しく接するように」

渋《しぶ》る霞に、瑠璃は吹き込む。

「桜と楓が花に辛《つら》く当たる中で、お前が優しくしているのを信義殿が見たら、どう思うかしら」

「わたしなら、見なおすな」

一成が来てそう言い、ふっと笑みを浮かべた。

瑠璃もうなずく。

「そういうこと。優しいおなごを嫌う殿方はいませんよ。花は優しいから、殿方の気を引いているのでしょうね」

納得する霞の横に来た一成が、瑠璃に問う。

「母上、花を好いている者が他にもいるのですか」

「さあ」

とぼけた瑠璃は、食事にしましょうと言って話題を変え、二人を座らせた。

翌日、瑠璃は奥御殿にいる藤に菓子を届け、そういえば、と切り出した。

「昨日若殿から聞いたのですが」

藤の前では、腹を痛めて産んだ息子でも敬称を使う瑠璃は、にこやかに続ける。

「信義殿は、花のことを気に入っておられるようですね」

藤は不機嫌《ふきげん》そうな顔をして瑠璃を睨《にら》んだ。

「言われなくてもわかっていることを、何ゆえ口に出すのです」

瑠璃は驚いた。

「申しわけありませぬ。ご存じとは知らず、つい」

「ふん」

白々しい、と吐き捨てるように言った藤は、頭を下げる瑠璃に問う。

「一成殿は、信義殿本人の口から気持ちを聞いたのですか」

「いえ、若殿の当て推量にすぎませぬ」

「では口に出さぬことです。噂《うわさ》が独り歩きすれば、無実が実になってしまうのですから」

「いらぬことを言いました。お許しください」

泣きそうな声で平謝りする瑠璃を下がらせた藤は、不機嫌極まりない様子で脇息《きょうそく》を拳《こぶし》で打ち、

「花をどうしてやろうか」

憎々しく吐き捨てた。

我が娘を信義に嫁がせたい気持ちが誰《だれ》よりも強い藤は策を練り、翌日、兼続に文を送った。

「今度はなんだ」

忙しくしている兼続は、腹心の大橋翔馬《おおはししょうま》が届けた藤の手紙を面倒くさそうに受け取ると、その場で開けた。

読み進めるにつれて眉間《みけん》の皺《しわ》を深める兼続に、大橋が問う。

「桜お嬢様の縁談のことですか」

兼続が落涙するのを見た大橋は驚いた。

「殿、いかがなされたのです」

「ふ、ふきが、死んでしもうた」

「なんと……。いつのことでございます」

「去年、わしが上方《かみがた》へ向けて旅をしておる時じゃ」

絶句した大橋は、何ゆえ今まで、と言った口を引き結び、言葉を変えた。

「奥方様は、江戸に戻ることができぬ殿のご心痛を考えて、伏せられていたのでござりましょう」

「そう書いてある」

悩んだ顔をして黙り込む兼続に、大橋は心配して問う。

「他にも何かおありですか」

兼続は目元を拭《ぬぐ》い、長い息を吐いたあとで大橋の目を見た。

「奥は、花のことを書いておる。母親を亡くして可哀《かわい》そうだと思い甘やかしたせいで、近頃は手が付けられないほど奔放《ほんぽう》ゆえ、保坂《ほさか》家で行儀見習いをさせたいというておる」

大橋は感心したような顔をした。

「なるほど、勇里《ゆうり》殿の母御瀬那《せな》様は将軍家に縁があり、厳しいと評判のお方。受けてくだされば、花お嬢様にとっては、良い花嫁修業になりましょう」

「町に出て迷子になるようなおてんばではなかったが、ふきが死んでしもうたせいで、変わってしまったのかもしれぬな」

藤が送った文の嘘《うそ》を疑いもせぬ兼続は、そう嘆《なげ》き、江戸から文を届けに来た藤の手の者に、快諾の返事を持って帰らせた。

許しを得た藤は、したり顔で澤《さわ》に問う。

「殿は、女狐《めぎつね》の死を悲しんでおられたのか」

「手の者が申しますには、涙を流されたのはほんの少しのあいだのみで、花様のことを心配しておられたそうです」

「所詮《しょせん》は卑《いや》しい家の女ゆえ、死んでしまった者に用はないのであろう。ふきも哀《あわ》れよ」

「おっしゃるとおりかと」

「ともあれ、お許しが出た。これでやっと、あの女狐の面影《おもかげ》がある花を追い出せる」

今もふきを憎んでいる藤は、花を苦しめるべく添え状をしたためるのだった。

後日、保坂家から返答が来た。

兼続の願いならば、と、勇里の両親が受け入れたのだ。

保坂家に行かされることは、花にとって寝耳に水だった。

朝早く藤に呼ばれて奥御殿の庭に足を運ぶと、澤に無理やり湯殿に連れて行かれ、有無を言わさず着ている物を剝《は》ぎ取られて、糠袋《ぬかぶくろ》で垢《あか》を落とされたのだ。

澤が恐ろしい花は、抵抗もできず、侍女たちにされるがままじっとしていた。

侍女たちは、ふきが存命の時は花に優しくしてくれていたが、今は澤に忖度《そんたく》し、冷たい態度で花の身体《からだ》を洗っている。

今日から保坂家で暮らすとしか聞かされておらず、不安が増した花は、顔見知りの侍女に小声で問うた。

「わたしは、保坂家で何をするのですか」

見守っていた澤が目を離した隙《すき》に、その若い侍女は小声で返す。

「わたくしたちは、何も聞いておりませぬ」

態度を変えて、優しい手つきで顔の汚れを拭《ふ》いてくれたその侍女は、目に涙を浮かべている。

そのように見えた花は、母との思い出があるこの屋敷には、もう戻れないのだと悟《さと》った。

二

保坂家の屋敷は、城により近い千鳥ヶ淵《ちどりがふち》のそばにある。

武家屋敷が並ぶ番町《ばんちょう》の通りは、どこを歩いても同じ景色に見え、方角に疎《うと》い花を不安にさせた。また迷子になってはいけないと思い、案内をする沢辺《さわべ》定五郎《さだごろう》に近づいて歩いた。

保坂家の表門は、真島家よりも立派だった。

中も広いように見えるが、どれほどのものか、花には想像もつかない。

待っていた勇里が、花に歩み寄って言う。

「やっと、地獄から抜け出せたな」

沢辺が目を白黒させても気にしない勇里は、奥御殿に案内すると言い、花の手を引いた。

沢辺は、控《ひか》えている保坂家の侍女に藤の添え状を託し、いそいそと帰っていった。

瀬那《みす》は、花を連れてきた勇里を厳しい口調で下がらせると、廊下で平伏している花を見据えた。

この時の花は、藤が用意した白地に青の花柄の小袖《こそで》を纏《まと》い、黒の帯を締めている。その艶《あで》やかな姿から、

「性悪で、手に負《お》えぬ子でございますれば、どうか厳しく躾《しつけ》ていただきたく候《そうろう》」

と願う藤の添え状を信じ込んだ瀬那は、夫の盟友である兼続のために一肌脱《ぬ》ぐと決めているだけに、花に厳しくするよう、侍女頭の早乙女《さおとめ》に命じるのだった。

応じた早乙女は、花の前に来て頭を上げさせた。

「今日からは、これまでどおりのようにはいきませぬ。覚悟なさい」

藤の嘘を知る由もない花は、瀬那に頭を下げた。

「謹《つつし》んで、ご奉公させていただきます」

素直で丁寧《ていねい》な態度に、早乙女は瀬那を見た。

騙《だま》されぬ、という面《おも》持ちの瀬那は、花に対し態度を変えず、厳しく告《つ》げる。

「下がりなさい」

応じて立ち上がった花がまず連れて行かれたのは、下女たちがいる板の間だった。

奥御殿の雑用をする八人の女たちに紹介された花は、年上に敬意を払ってあいさつをし、渡された紺《こん》のお仕着せに着替えると、その日から水仕事をこなした。

いざ使ってみれば、先任の者から厳しくされてもへこたれず、懸命に働く。

花の素直さと真面目《まじめ》さに、早乙女は五日も経《た》たないうちに感心するようになり、

「どうも、添え状に書かれていたこととは違うようです」

十日ほど様子を見て判断し、瀬那にこう報告した。

先任の下女たちも、花が良く働くと口を揃《そろ》えていると聞いた瀬那は、全幅の信頼を置いている早乙女の言葉を受け入れ、考えを述べた。

「真島家の事情は勇里から聞いていましたが、どうやら、あの娘をかばうための妄言《もうげん》ではなかったようですね」

すると、早乙女が表情を変えず真顔で告げる。

「その若様ですが、この十日のあいだ、部屋で大人しくされてございます」

女遊びをしなくなった、という意味と捉えた瀬那は驚き、心配した。

「どこか具合が悪いのか」

早乙女は笑いを噛《か》み殺し、誤魔化《ごまか》すために鼻の頭を触って口を開く。

「若様はどうやら、花殿を気にかけてらっしゃるご様子。毎日のようにわたくしを訪ねられ、誰か意地悪をしておらぬかとお訊きになります」

瀬那は意外そうな表情をしたが、納得した面持ちでうなずく。

「では今日より、花に勇里の身の回りの世話をさせましょう」

早乙女は驚いた。

「よろしいのですか」

「遊郭《ゆうかく》に行かぬなら、これに勝ることはない」

こうして、花は下働きから侍女に格上げされ、お仕着せも白地に赤の花びらをちりばめた、上等な物に変更された。

その知らせに胸を弾《はず》ませたのは、誰でもない勇里だ。

勇里のために茶菓を持って来た花は、まん丸にした目を向けられて、何か粗相《そそう》があったかと思い、自分の着物を見て確かめた。

乱れてはおらず、落ち度はないはずと思い勇里を見ると、少しだけ赤らめた顔で正座し、微笑《ほほえ》んできた。

「久しぶりに、華やいだ姿になったな。やはり花は、明るい色味の着物が似合う」

遊び慣れている勇里から褒《ほ》められて、花は恥ずかしくなった。

「お口がおじょうずですね」

つい、つっけんどんな言い方になったと思っていると、指導を兼ねて付いてきていた早乙女が空咳《からぜき》をした。

若君に対し無礼だという意味に捉えてはっとした花は、目を伏せ、侍女らしく敬意を払って茶菓の器を揃えた。

二人の様子を早乙女から聞いた瀬那は、これまで見せたことがないような、乙女じみた表情で笑った。

「まことに、勇里がそのような顔をしていたのですか」

「はい。褒めたというのに女遊びを責められた気になられたらしく、戸惑《とまど》っておいででした」

「わたくしが叱っても改めようとしなかったあの子が……」

瀬那は嬉しそうに目を細めていたが、気を引き締めた面持ちになって早乙女に言う。

「されど勇里のことですから、楽観してはなりませぬ。しばらく様子を見なさい」

「かしこまりました」

早乙女も表情を厳しくして、下がっていった。

花はこうして、まさに地獄から救われたといえよう。恙《つつが》なく暮らし、勇里のそばに仕《つか》えたのだが、これを良く思わない者がいた。

誰でもない信義だ。

密《ひそ》かに花に想いを寄せていた信義は、花が勇里の身の回りの世話をしていると知るなり、教えた一成に摑《つか》みかかる勢いで迫った。

「いいかげん、花に侍女のような暮らしをさせるのはよせ。真島家の者たちが花にする仕打ちは目に余る！」

初めて声を荒らげられた一成は、信義もこのように激しい一面を持っているのかと、驚いた。

「そう怒るな。保坂家に行かせたのは花のためだ。お前も知ってのとおり、藤殿に嫌われているのだから、この屋敷にいても虐げられるだけで、気が休まる時もない。だから、保坂家で可愛がられているならそれでいいと思っている。お前はそうは思わないのか」

何も言い返さない信義は、悔しそうな顔をしている。

そう感じた一成は、ここぞとばかりに問う。

「勇里に嫉妬《しっと》しているのか」

信義は、一成と目を合わせて口を開く。

「ああ、している。わたしは、花を幸せにしたいと思っているのだ」

信義はついに、本音を明かした。

一成は、霞のことが頭に浮かんだものの、友の気持ちが大事だ。

「そうか、薄々思っていたが、やはり花を好いていたのだな」

「そうだ」

はっきり返答する信義に、一成は言う。

「花が知ったら、喜ぶぞ」

「待て、まだ言わないでくれ。花には、わたしから想いを伝えたいのだ」

「それはいつだ」

「まだ言えぬが、遊びではない。花のことは真剣に考えている」

一成は、わかったと言い、親友に目を細めた。

信義の秘めたる想いを、もう一人耳にした者がいる。

妾宅《しょうたく》に戻っている一成を信義が訪ねてきた折は、必ずといっていいほど会話を盗み聞きする瑠璃だ。瑠璃は驚きのあまり声が出そうになった口を手で押さえ、自分の部屋に戻った。

霞さえも遠ざけて思案した瑠璃は、菓子箱を抱えて家を出ると、奥御殿に急いだ。

藤に菓子を進呈する体で訪ねた瑠璃は、それとなく告げる。

「そういえば、花は瀬那様にたいそう気に入られているようで、安心しました」

菓子箱の蓋《ふた》を取った藤は、たいした品ではないという表情をして澤に言う。

「お前たちでいただきなさい」

澤が菓子を受け取って下がると、藤は意地の悪そうな顔を瑠璃に向ける。

「わざわざそんなことを言うために来たのですか。いつも肚の底を見せないけれど、いったい何が言いたいのです」

瑠璃は微笑んで言う。

「瀬那様は将軍家の縁者ですから、花を気に入られたなら、勇里殿の妻に望まれるかもしれないと思うのです。そうなれば、兼続殿はさぞ喜ばれるでしょうね」

「それはそれで、厄介《やっかい》払いができて良い」

乗り気になる藤に、瑠璃は口角を上げて続ける。

「向こう様はなんといっても将軍家の縁者ですから、良縁をいただければ、わたくしたちは、花に頭を下げる立場になりますね」

顔色を見る瑠璃に気付かぬ藤が、まんまと苛立った。

「人たらしのふきの娘だけのことはある。うまくやったものだ。保坂家の者たちは、したたかな花に骨抜きにされたに違いない。女狐の娘に、頭など下げてたまるものですか」

どうしてくれようか、と激怒する藤は、花を呼び戻すと言うが、瑠璃が止めた。

「お気持ちはわかりますが、理由もなく呼び戻しては保坂家に失礼かと。ここはお怒りをお鎮《しず》めになって、しばらく様子を見てはいかがでしょうか」

花の肩を持つ言い方をする瑠璃に、藤は険しい眼差《まなざ》しを向けた。

瑠璃が目尻《めじり》を下げて言う。

「またいらぬことを言いました。お許しください」

「花に良縁など、何があっても許しませぬ」

不機嫌極まりない藤に、瑠璃は平身低頭した。

瑠璃の盗み聞きからはじまったこの話だが、壁に耳があるのは、何も妾宅だけではない。

瑠璃と藤の話は、廊下の掃除《そうじ》をしていたお梅の手を止めさせていた。

花は、屋敷を出されても追い打ちをかけられるのでは。

そう思い不安になったお梅は、使いで出た折に保坂家に走り、花に会わせてくれと、門番に懇願《こんがん》した。

「待っておれ」

悪い顔をせず応じてくれた門番が中に入って程なく、出てきた花を見たお梅は、姿格好だけでなく、表情を見て息を呑《の》んだ。美しいと思ったのだ。

「息災そうで、何よりです。やっぱり花お嬢様は、そうでなくては」

花は、わざわざ訪ねてきたお梅の両手をにぎった。

「何かあったのですか」

心配そうな花に、お梅は暗い面持ちで告げる。

「瑠璃様が奥方様に、花お嬢様の近況を報告されたところ、酷《ひど》く不機嫌になられていましたから、くれぐれも気を付けてください。それだけ言いたくてまいりました」

ぺこりと頭を下げて帰ろうとしたお梅だが、花が手を離さない。

「きっと勇里殿が、兄上に言ったのね。戻されるのかしら」

お梅は首を横に振った。

「しばらく様子を見るそうですが、勇里様と縁談の話になった時は許さないと、奥方様がおっしゃっていました」

花は驚いた。

「縁談！」

お梅はきょとんとした。

「違うのですか」

「あり得ません。そんなの」

「でも確かに、そのように話されていました」

「それはたぶん、お梅の早合点《はやがてん》だと思うわ」

うつむく花に、お梅が慌てた。

「気を悪くされたのならごめんなさい」

花は顔を上げて微笑む。

「心配してくれたのだから、そんなふうに思わないで。わたしは大丈夫。知らせてくれてありがとう。これはほんの気持ち」

艶やかな色合いの小袖から取り出したのは、飴《あめ》が入った袋だ。

美しい色合いを見て、お梅は目を輝かせた。

「手毬《てまり》のようで、綺麗《きれい》な飴ですね」

「お樹津《きつ》さんに取られないようにね」

「あ、気を付けないと」

二人で笑ったあと、お梅は遅くなって叱られないよう、急いで帰っていった。

三

霞から縁日の誘いがきたのは、花が保坂家に入って季節が移ろい、夏の暑い盛りの頃だった。

今花は、勇里の身の回りの世話を外され、瀬那の侍女として奉公していた。

勇里と何かあったわけではなく、

「あの子の本気を、確かめましょう」

花と離しても、遊郭遊びの虫が騒がねば縁談を進めると、瀬那が言ったからだ。

むろん、知っているのは早乙女のみで、わけがわからぬ勇里は、

「おれは、嫌われてしまったのか」

などと、落胆の念を若党にこぼしたという。

それはさておき、花は誘いに困惑していた。

霞は他の姉たちと違って優しいが、縁日に誘われることはこれまで一度もなかっただけに、お梅の忠告が頭に浮かんだ花は、奉公を理由に断ろうとした。

しかし、瀬那がそれを許さなかった。

「姉の誘いを断るものではありませぬ」

そう言われて、花は仕方なく受け、今日がその約束の日だ。

瀬那が用意してくれた涼《すず》やかな色合いの浴衣《ゆかた》を着た花は、侍女と共に迎えに来てくれた霞と、夏越大祓《なごしのおおはらえ》の神事がある日《ひ》吉山王権現《よしさんのうごんげん》（日枝《ひえ》神社）に参詣《さんけい》して、無病息災を祈念した。

門前には出店が並び、大勢の人でにぎわっている。

縁日はとても楽しかった。

霞が誘ってくれたことが嬉しい花だが、

「出たついでに、赤坂《あかさか》の町まで足を延ばしたいの」

そう誘われ、気が張り詰めた。日本橋《にほんばし》で途方にくれた苦い思い出が、蘇《よみがえ》ったからだ。

しかし、今日の相手は霞だ。断れる雰囲気ではなかった。

「喜んで」

こう答えた花は、お梅の忠告を胸に、相手が優しい霞でも油断はしなかった。

三人で赤坂御門から出て、霞が行ってみたかったという小間物屋に連れて行かれた。

初めて店に入った花は、美しい簪《かんざし》や、色鮮やかな紙入れなどに目を輝かせ、手に取って見た。

「それが気に入ったのなら、買ってあげる」

霞に言われて、花は訊いた。

「お姉様は、このようなお店に来られたことがあるのですか」

「実は初めてよ。母上が、教えてくださったの。花になんでも好きな物を買ってあげなさいって、言われているのよ」

優しい瑠璃の顔が目に浮かんだ花は、胸が熱くなった。

「ありがとうございます」

涼しそうな色合いの紙入れを選ぶと、霞も自分が気に入った簪を求めて、店をあとにした。

赤坂御門まで戻ったところで、霞が言う。

「保坂家まで送って行くわね」

花は遠慮した。

「此《こ》度《たび》はちゃんと道を覚えていますから、一人で大丈夫です」

「だめよ。また帰れなくなれば、わたしが叱られるから」

すると、侍女が口を挟んできた。

「霞お嬢様、それでは暗くなりますから、奥方様に咎められます」

「そうか、つい目移りして、遅くなってしまったわ」

「お急ぎください」

藤を恐れる侍女に、霞は困った顔をした。

「でも、花は方角に疎いから心配なのよ」

花は言う。

「ほんとうに、一人で帰れますから、姉上もお急ぎになってください」

戸惑う霞に、今日はありがとうございましたと言って頭を下げた花は、走って家路を急いだ。まず目指したのは、桜田堀《さくらだぼり》だ。武家屋敷のあいだを抜けて突き当たった花は、堀沿いの道を左に向かった。

半蔵《はんぞう》御門が見えてくれば、そこからはもう迷わず帰れる。

そう思い急いでいる花の前に、旗本の息子らしき二人組が現れた。

この場所は、左側に武家屋敷の漆喰壁《しっくいかべ》の塀が長々と続き、右は堀だ。

値踏みするような二人の目つきが気持ち悪く思えた花は、違う道を通るべく引き返し、塀の角を曲がった。そこは左右を武家屋敷の塀で挟まれ、堀端より人がいない。

だが花は、道の先の通りに人が行き交《か》っているのを認めて足を速めた。

「おい娘、逃げるな」

すぐ背後で声がするのと同時に腕を摑まれた花は、

「お許しください」

つい癖《くせ》で懇願して離れようとしたのだが、口を手で塞《ふさ》がれ、強い力で引っ張られた。

「大人しくすれば怪我《けが》をせずにすむぞ」

町駕籠《まちかご》を担《かつ》いだ仲間が現れたのを見た花は、連れ去られると思い恐怖に目を見開いた。

抵抗しても、二人がかりではどうにもならぬ。

もうだめだ。

恐ろしさのあまり気が遠くなった時、男たちの手が離れた。

地べたに尻餅《しりもち》をついた花が見たのは、早乙女と、保坂家で見たことがある三人の侍だ。

早乙女の指図に応じた侍たちは、二人の若者に向かってくる。

「邪魔をするな！」

怒鳴《どな》った若者たちが刀を抜いた。

侍たちも抜刀し、斬りかかった若者の一撃を弾《はじ》き上げると、峰打ちに倒した。

その強さに、もう一人の若者は怖気《おじけ》付き、仲間を捨てて逃げようとした。だが追い付かれ、背中を峰打ちされて呻《うめ》いたかと思えば、花の目の前で倒れ、顔を歪《ゆが》めて痛みに苦しんだ。

駕籠を担いだ者たちは、侍に平伏して、仲間ではない、町の駕籠屋だ、雇《やと》われただけだと無実を訴えている。

「行け！」

怒鳴られた駕籠かきたちは、ひっ、と声をあげ、急いで逃げていった。

二人の若者は、侍たちに捕らえられた。

花は、手を差し伸べてくれた早乙女の前に立ち上がり、深々と頭を下げて礼を言う。

「お助けいただき、ありがとうございました。でもどうして、こんなところに」

疑問を口にする花に、早乙女は厳しい面持ちで告げる。

「奥方様の命で、花殿を密かに見守っていたのです」

「瀬那様が……」

花の立場を知っている瀬那は、今日の誘いを断るなといういっぽうで、危うく感じていたに違いなかった。

早乙女は、その者どもを保坂家に連れて帰るよう家来たちに命じ、花を促《うなが》す。

落としてしまった紙入れの包みを拾った花に、早乙女が言う。

「捨てておしまいなさい」

怒気を含んでいるのは、こうなったことに対し、霞を疑っているからに違いない。

戸惑う花に、早乙女が続ける。

「あの者たちを調べれば、誰の指図かわかりましょう。それまで、真島家には行かないほうがよろしい」

悲しくなった花は、紙入れの包みを抱きしめて涙を堪《こら》え、早乙女に従って保坂家に帰った。

花を助けた侍たちは、世の中が幕末の動乱に向かっているのを懸念《けねん》した瀬那の父親が、万一に備えて送り込んでいる警固の者だったらしく、不埒者《ふらちもの》に対する責めは容赦《ようしゃ》ない。

毅然《きぜん》として当たる瀬那の前で、警固の者から木刀で打たれた若者たちが口を割るのに、時はかからなかった。

「我々は素浪人で、富殿に、花殿を辱《はずかし》めるよう頼まれました」

讒言《ざんげん》であるが、瀬那は疑わなかった。

二人の不埒者を証人として、その日のうちに自ら真島家に乗り込んだのだ。

将軍家の縁者である瀬那の剣幕に触れて、藤は急ぎ富と瑠璃を呼ぶよう命じた。

澤に連れてこられた富は、狐につままれたような顔をして瀬那に訴えた。

「身に覚えのないことにございます」

すると不埒者の一人が、富を指差して白状する。

「いいえ、確かに金で雇われました。これが証拠です」

襟に隠し持っていた小判を取り出した若者は、瀬那に平身低頭した。

「病の母を医者に診《み》せたく、金に目がくらんでしまいました。どうか、お目こぼしを願いまする」

一人一両。

ずいぶん安く雇われたと、瀬那は浪人たちを厳しい目で見る。

藤は瀬那の手前、浪人たちを百叩《たた》きに処し、潔白だと言い張る富に罰を与え、親子共々、小屋に閉じ込めるよう命じた。

澤が引っ立てるよう小者《こもの》に命じると、富は金切り声をあげて抵抗したが、両脇《りようわき》を抱えられ、奥御殿から引きずり出された。

次いで瑠璃に、霞に花を誘わせたことを問い糺《ただ》す。しかし、瑠璃はただ単に楽しませようとしただけで、富にそれを盗み聞かれたのかもしれない、と釈明し、こちらは証拠もなく、不問となった。

同道を許されず、保坂家で待っていた花は、戻った瀬那から話を聞き、頭を下げた。

「改めて、お礼を申し上げまする」

瀬那は、平伏している花のそばに来て、頭を上げさせて言う。

「これまで肩身が狭かったであろう。あのようなおなごが住む屋敷でよく生きていました」

花はうつむいた。

瀬那は、そんな花の頬に両手を添えて、優しく微笑む。

「そなたは、私が守ります。これからは、ここで幸せに暮らすのです。今日だけは、思いきり泣くとよい」

胸に抱かれた花は、母親のぬくもりを思い出し、堰《せき》を切ったように泣いた。

四

花は、瀬那が日々飲んでいる薬湯の支度《したく》もまかされるほどの信頼を得て、穏やかな日々を過ごしていた。

穏やかでないのは、身に覚えのない罪を被《かぶ》せられた富だ。

藤によって僅《わず》か五日で謹慎《きんしん》を解かれた富は、

「おのれ、許さぬ」

誰が不埒者を雇ったかではなく、花のせいでかび臭い小屋に娘と閉じ込められたと逆恨《さかうら》みし、実家から送られる潤沢《じゅんたく》な資金に物言わせて仕返しをするべく、さっそく動いた。

富の実家は五百石の寄合《よりあい》旗本だが、父親は神田《かんだ》に土地を多く所有しており、商人たちに貸して財を成している。子煩悩《こぼんのう》な父親は、妾である富が肩身の狭い思いをしないよう、月に百両もの大金を送ってくる。

兼続は金に不自由をさせぬため、親からの金は貯《た》まる一方だった富は、愚《おろ》かな金の使い道を選んだといえよう。

藤の信頼を得て出入りを許されている口入屋、西屋喜《にしやき》一郎《いちろう》を妾宅に呼びつけた富は、手付金として二百両を渡した。

「今から言うことを成し遂《と》げた時には、さらに三百両出します」

富は花を貶《おとし》めるために、己の意のままに動く女を、女中として保坂家に潜《もぐ》り込ませるよう持ちかけたのだ。

惜《お》しげもなく出された条件に、欲深い喜一郎は舌なめずりをして、狡猾《こうかつ》そうな笑みを浮かべた。

「仕事をきっちりやる良い女を抱えておりますので、さっそく手配しましょう」

その言葉どおり、広く旗本に顔がきく喜一郎は、桐《きり》という若い女を保坂家に紹介した。

早乙女から報告を受けた瀬那は、花を従えて廊下に出た。

庭には、小太りの喜一郎が窮屈《きゅうくつ》そうに背中を丸めて控《ひか》え、その隣では、小柄の女が平伏している。

「二人とも、面《おもて》を上げなさい」

「へへぇ」

喜一郎はともかく、桐は色白で、か弱そうな面立《おもだ》ちをしている。

厳しい目で見ている瀬那は、花に小声で問う。

「顔に覚えはありませぬか」

花は初めて見る女だった。

「ございませぬ」

うなずいた瀬那は、早乙女が差し出した身上書に目を通した。

桐は、御家人林源次郎《はやしげんじろう》の娘で、年は十五歳。両親と姉と兄が一人ずついる。

問題はなさそうだと瀬那は言い、奥御殿に仕えさせた。

喜一郎が喜んで帰ると、桐はさっそく仕着せを身に纏《まと》い、奉公をはじめた。

三日ほど様子を見ていた瀬那は、真面目で大人しい桐を気に入り、花と共に仕えるよう命じた。

「そなたも、同い年の者がおれば話し相手にもなりましょう」

瀬那の心遣いが嬉しかった花は、なんの疑いも持たず、桐と接した。

穏やかで聞き上手《じょうず》な桐は、他の侍女たちともすぐに打ち解け、花にも優しく、心遣いを忘れぬ。

花も気を許し、二人で仕事をするのが楽しかった。

そんなある日、瀬那の部屋を掃除していた花は、棚から化粧《けしょう》道具が入れてある黒漆《くろうるし》塗りの箱を取り出し、手垢《てあか》を丁寧に乾拭《からぶ》きしていた。

自分の顔が映るほど美しい漆塗りの箱は、瀬那が長年使っているものだと聞いている。そして、揃いの手鏡を磨くため手に取った時、鏡が外れて落ちた。割れていたのだ。

あっと声をあげたのは、桐だった。

慌てた様子で歩み寄る桐は、

「大変！」

と声を張り上げ、息を呑む口を手で塞いだ。

「何ごとです、騒がしい」

廊下から来た早乙女が、花が割れた鏡を持っているのを見て目を見張った。

「奥方様が大切にされているお鏡を割ったのですか！」

「違います。もう……」

もう割れていたと言おうとした花だったが、桐が早乙女に平伏して詫《わ》びた。

「お許しください。つい手が滑ってしまったようなのです」

「言い訳はいりませぬ」

早乙女に厳しい目を向けられて、花は慌てて桐の横で平伏した。

「何ごとです」

そう言って入ってきたのは、瀬那だ。

早乙女が頭を下げる。

「わたくしの指導が悪うございました。お許しください」

瀬那は、割れた鏡を黙って見ている。

その蒼白《そうはく》な顔色を見た早乙女が花に言う。

「奥方様がご母堂様から引き継がれた、この世に二つとない鏡です」

花は平身低頭したまま、声も出せない。

早乙女が瀬那に頭を下げて告げる。

「奥御殿の指南役として、粗相をした者を見逃すわけにはまいりませぬ。花に罰をお与えください」

瀬那は真顔で花を見た。

「鞭《むち》打ちを命じます」

応じた早乙女が花を庭に立たせ、他の侍女や下女たちが見ている中で、

「粗相を許さず」

と声を張り、細い仕置棒で尻と手を打った。

焼けるような痛みに、花は歯を食いしばって耐《た》えていたが、手の痛みに耐えかねて膝《ひざ》をつき、瀬那に頭を下げた。

「もうよい」

早乙女が応じて手を止めると、瀬那は見ている者たちを下がらせた。

「申しわけありませぬ」

どうすることもできず、ただあやまるしかない花の腕を掴んで立たせた瀬那は、鞭

で打たれてミミズ腫《ば》れになった右腕を痛そうな顔で見ると、傷がない腕にそっと触れた。

「くれぐれも、用心なさい」

手に力を込められた花は、瀬那の顔を見た。

瀬那は目を合わすことなく座敷に戻ると、早乙女と話をはじめた。

花は下がりながら、こぼれそうになる涙を堪《こら》え、唇を噛みしめた。そばに仕えるのを外される覚悟でいたが、瀬那は以後、何もなかったように接してくれた。

話を聞いたと言って勇里が花のところへ顔を出したのは、翌日だ。

ミミズ腫れは引いていたが、赤くなっている手首を見た勇里は、苦い顔をして言う。

「母は、厳しすぎるのだ。わたしも幼い頃は、いつも鞭で打たれていた」

それは勇里が悪童だからだろうと言いたい気持ちをぐっと堪えた花は、

「もう痛くもなんともありませんから」

そう返して微笑んだ。

勇里は傷に塗るといい、と言い、軟膏薬《なんこうやく》が入った丸い陶器を置くと、自分の部屋に戻っていった。

そこへ、早乙女が来た。

「花、奥方様がお風邪《かぜ》を召されましたから、いつもの薬湯に風邪薬を加えて煎《せん》じなさい」

昨日顔色が優れなかったのは、怒りからではなかったのか。

そう思った花は心配した。

「お加減はいかがですか」

「微熱がありますから、これからが大事です。早く薬を」

「承知しました」

花は、そばに仕えるようになって何度も滋養の薬を煎じているため、別棟の台所から届けられる料理を温めなおすための給仕部屋に入り、慣れた手つきで支度をした。

炭火がある七輪に鉄瓶を置いて湯を温め、薬箱から滋養の薬を取り、続いて風邪に効《き》く薬草が入れてある布袋を取り出すと、湯に投じた。

しっかり沸騰《ふっとう》させ、湯が琥珀《こはく》色になれば出来上がりだ。

白陶磁の湯呑み茶碗に少し入れて色を確かめた花は、

「もう少し」

声に出して言い、火の守をしていたのだが、他の侍女に手伝いを頼まれて給仕部屋から離れた。

若年の花は、他の侍女からよく雑用をさせられるのだが、文句ひとつ言わないものだから、いいように使われる。

途中で出会った桐が、

「またですか」

不服そうに、呼びつける侍女のほうを見たが、花は大丈夫だと笑い、手伝いに走った。

重い物を運ぶ手伝いをした花はすぐに戻る。

「あら？」

給仕部屋から出ていく人影が見えた気がした。だが部屋に変わった様子はない。気を取りなおし、鉄瓶の蓋《ふた》を開けた。

手伝っているあいだに、丁度良い色になったと喜んだ花は、瀬那の湯呑み茶碗に入れて持って行った。

苦い薬を飲み干した瀬那は、少し横になると言い、早乙女に支えられて仰向《あおむ》けになった。

熱が辛そうだと思った花は、

「一日も早く良くなられますように」

平伏してそう告げると、いそいそと下がった。

だが瀬那の風邪は快方に向かうどころか、日々悪くなっていった。

身体のだるさが尋常《じんじょう》でなく、二日目には身を起こすこともできなくなり、早乙女は医者を呼んだ。

花もそばに控える中、脈を取った医者は、瀬那の瞼《まぶた》を開いて目の色を確かめ、早乙女を別室に促した。

花も付いて行くと、心配する早乙女に、医者は重々しく告げる。

「奥方様は、風邪ではありませぬぞ」

「病ですか」

心配する早乙女に、医者は険しい表情で告げた。

「日頃、何を飲まれているのです」

「薬屋から求めた滋養の生薬《きぐすり》です」

見せるよう言われて、花は急いで薬箱を取ってきた。

花が煎じた滋養と風邪の薬を確かめた医者は、問題ないと言うものの、首を傾《かし》げ、考え込んでしまった。

「何か、他に飲まれているものがあるはずじゃが」

回りくどい言い方に、早乙女ははっきりとした答えを求めた。

するとと医者は、

「気のせいでしょう」

と、曖昧《あいまい》な返答を返し、今飲んでいる滋養の薬が身体に合わないのかもしれぬと言い、自分が処方した滋養の薬を置いた。


「これを煎じて、お飲みいただきなさい。さすれば、早くよくなりましょう」

「花、すぐに支度を」

「はい」


花は給仕部屋に下がり、鉄瓶に湯を沸かした。

だが、妙だと思った。これまで長年飲んできた滋養の薬が、急に合わなくなるものなのだろうか。

しかし先生は、薬を疑っていた。そして、花を見る目が厳しかったように、今になって気付いた花は、目の前にある鉄瓶を見つめた。

先生は、わたしが何かを入れたと疑ったのだろうか。

思えば、風邪薬を一緒に煎じるようになってから、具合が悪くなった気がする。

そして花は気付いた。風邪薬を煎じていた時に手伝いを頼まれた日のことだ。手伝いを終えて給仕部屋に戻ろうとした時、ここを出ていく人影を見た。あの時は何も思わず、気にもしていなかったが、それ以降も薬を煎じはじめると、誰かしらに呼び出され、鉄瓶から離れることが多い。

誰かが、何かを入れたとしたら。

あの人影は誰だったのか、着物の袖が少し見えただけのためわからぬ花は、瀬那が言った言葉が念頭に浮かんだ。

「くれぐれも、用心なさい」

あれは、花の無実を信じた瀬那の、教訓だったのではないか。

誰かが、わたしを貶めようとしているのでは。

そう考えると恐ろしくなった花は、手が震えた。

このままでは、瀬那様を巻き込んでしまうとまで思った花は、必死に己を落ち着かせ、思案を巡らせた。

「花、手伝ってちょうだい」

声をかけてきたのは、花が給仕部屋にいると決まって手伝わせる、幸《さち》という侍女だ。

幸は特に忙しいわけではないが、花が鉄瓶の前でじっと火の守をしているのを暇そうだと考え、呼びつけて少しだけ手伝いをさせ、話し相手にするのだ。

花は、誰もいなくなったところを狙われたのではと思っていたので離れたくなかったのだが、ぴんと閃《ひらめ》いた。

「今すぐ行きます」

こう返事をしておき、鉄瓶を七輪から外して隠すと、別の鉄瓶に水と薬草の袋を入れて蓋をし、自分にしかわからぬよう印を付けて七輪に置いてから、幸のところへ行った。

幸の用は、思ったとおりだった。

「これを運ぶのを手伝ってちょうだい」

そう言って渡されたのは、下女が届けた洗濯物《せんたくもの》だ。

一人でも運べる量をわざわざ二分して花に持たせ、納戸の箪笥《たんす》に入れるあいだに、他愛もない話をする。

幸は、年上の侍女とあまりうまくいっていないようで、時には愚痴《ぐち》をこぼして、共感をもとめてくる。

悪気はなさそうで、花が聞くだけで気が治まるらしく、今日の話は、下女たちが幸を馬鹿にしているような気がする、という心配だった。

「そんなことはありません」

そう言うだけで安心したような顔をする幸のことが、花は嫌いではなかった。

少しの手伝いを終えて給仕部屋に戻ってみると、湯が沸いて鉄瓶の口から湯気が上がっている。

人の気配はないように思えた花は、近づいてみた。すると、鉄瓶の蓋と肩に付けていた印の線が、僅《わず》かにずれていた。

いっぽう、隠していた鉄瓶は見つかっておらず、蓋を開けた形跡がなかった。

花は、七輪の鉄瓶を見つめた。

やはり、誰かが何かを入れていたのだと思うと恐ろしくなり、悲しくてたまらない。

目を閉じていた花は、気を取りなおして前を向き、触られていない鉄瓶から湯呑み茶碗に注ぐとまた隠しておき、瀬那の部屋に急いだ。

「薬をお持ちいたしました」

廊下で声をかけて返答を待った花は、早乙女の許しを得て寝所に入った。

助けを借りて身を起こした瀬那のそばに行った花は、湯呑み茶碗の蓋を取って、両手で差し出した。

「ご苦労」

気だるそうに労《ねぎら》いの言葉をかけた瀬那が飲もうとしたところへ、桐が来て大声で訴えた。

「お飲みになってはいけませぬ！」

瀬那は、口に運びかけていた湯呑み茶碗を下ろし、花を見た。

早乙女が桐に問う。

「何があると言うのです」

桐は寝所の下座で、花を指差して訴える。

「この者が、奥方様の薬に毒を入れるのをこの目で見ました」

瀬那は花を見つめて、薬湯の湯呑み茶碗を折敷《おしき》に置いた。

花はその湯呑み茶碗を手に取り、飲み干《ほ》してみせた。

「何をするのです！」

驚いた瀬那に、花は言う。

「毒など入っておりませぬ。桐殿が言われたのは、給仕部屋の七輪に置いている鉄瓶の中身ではないかと」

すると桐が、目を見開いて動揺した表情を見せた。

勘が鋭い瀬那は、早乙女に桐を捕らえさせ、廊下に控えている別の侍女に、給仕部屋から鉄瓶を持ってこさせた。

匂いを嗅《か》いだ瀬那は、すぐに医者を呼ぶよう命じた。

桐は恐れ、早乙女の手を振り払って簪を抜き、喉《のど》を突いて自害しようとした。だが、護身術の覚えがある早乙女が手首を取って捻《ひね》り、桐の手から簪を奪うと投げ捨て、うつ伏せに押さえ込んだ。

瀬那はふらつく足で立ち、桐のそばに行って厳しく言う。

「誰の差し金か白状せぬなら、そなたの親兄弟を死罪に処すよう御公儀に訴えるが、それでもよいのか」

観念した桐は、富が仕組んだ悪事をすべて白状した。

そして、程なく来た医者が鉄瓶の中身を調べたところ、毒がまぜられていた。しかも此度は、弱った瀬那が飲めば湯呑み茶碗一杯で命を落とす量が入れられていたのだ。

桐の荷物を調べた結果、毒は出てこなかった。花が飲ませる寸前で止める策だったこともあり、すべて使っていたのだ。

「殺すつもりは、ありませんでした」

あるじ、保坂左近衛少将貞孝《さこんえのしょうしょうさだたか》の御前に引き出された桐は、血の気が失《う》せた顔をうつむけ、震える声で命乞《いのちご》いをした。

まるで幽霊でも見たかのごとく気味悪そうな顔をした貞孝は、毅然と座っている瀬那に言う。

「この者を手討ちにしたいところじゃが、化《ば》けて出そうで気味が悪い。腹も立とうが、この者も脅《おど》されてやったことゆえ、流罪でどうか。生きて戻れぬ島流しじゃ」

瀬那は顎《あご》を上げ気味にして、眼光鋭く瞼を細めて返事をしない。

納得いかぬと受け止めた貞孝は、付け加えた。

「むろん、首謀者は許さぬ。大坂の兼続殿に書状を送り、富を厳しく罰《ばっ》してもらうつもりじゃ」

瀬那はうなずき、花への仕打ちを伝えるよう口添えした。

五

兼続の腹心大橋翔馬が大坂から馬を飛ばして戻り、真島家に駆け込んだ。

老臣、沢辺定五郎と共に奥御殿へ急いだ大橋は、三十代にしては老《ふ》けている顔を旅の埃《ほこり》で汚したまま、藤の前で片膝をついて頭を下げ、急報を伝えた。

「殿はお怒りでございます」

大橋から言われるまで、富がしでかしたことを知らなかった藤は、酷《ひど》く動揺した。

「殿は、富をいかようになされるおつもりか」

大橋は胸に手を当てて答える。

「ここに、殿のご意向を記した書状があります」

「見せなさい」

「なりませぬ。裁きはそれがしがするよう、固く命じられてございます」

「奥向きはわたしが取り仕切っております」

藤が金切り声をあげるも、大橋は動じず答える。

「奥方様が恨みを買わぬようにと、殿のご配慮にございます」

そう言われては、藤は何も言えぬ。

「わかりました」

不承不承に従うと、大橋が澤に、妾と娘をすべて集めるよう命じた。今後、可愛い花に悪さをさせぬために、兼続が皆の前で裁くよう命じていたのだ。

富は、桐が罰を受けたことを知らぬまま今日を迎え、奥御殿に来るなり、大坂にいるはずの大橋の顔を見て驚き、藤に問うた。

「殿に何があったのですか」

「自分の心配をしなさい」

厳しく言い返された富の様子を見て、大橋が言う。

「そのお顔は、身に覚えがあるようですな」

「何があったのです」

明るい声の主は、遅れてきた瑠璃だ。富を見て、心配そうに続ける。

「お顔の色が優れないようですが、どうされたのです」

黙っている富に代わって大橋が口を開く。

「これよりお伝えしますので、皆様お座りください」

各々娘を横に連れて座ると、大橋は厳しい表情で兼続の書状を広げ、ここに至った経緯《いきさつ》を改めて告げた。

花を貶めるため、桐が将軍家の縁者である瀬那の薬に毒を入れたことと、その首謀者が富であった証《あかし》が示された。

その証とは、公儀の役人と保坂貞孝が口入屋の西屋喜一郎を拷問《ごうもん》して得た、血判付きの供述書だった。

皆の前で広げて見せた大橋が告げる。

「御公儀に引き渡された桐は牢《ろう》屋敷にて、島に送られる日を待っております。また、西屋喜一郎については、刺客《しかく》とまでは言わずとも、不忠者を送り込んだ罰として家財を没収の上、江戸十里四方に住むことを禁じる重追放《じゅうついほう》となりました」

大橋は声音を下げて続ける。

「さて、これまでお話しした悪事には、首謀者がおります。富殿、そのほうよくも恥をかかせてくれたと、殿からお怒りの言葉を承ってございます」

「お待ちください」

母を助けようと楓が声を張ったが、大橋は大喝で黙らせた。

普段は穏やかな顔をしている大橋のことが、今日ばかりは閻魔《えんま》に見えたのだろう。

楓は富に抱き付いて恐れた。

その大橋が長い息を吐き、真顔になって告げる。

「此度のことは、瀬那様の温情により上様のお耳に入りはしませなんだが、殿は大恥をかかされたとお怒りになり、大坂城番より許されていた年末の一時帰府をご辞退されました」

瑠璃が悲しそうな顔をして、

「一日千秋の思いでお帰りをお待ちしておりましたのに」

そう言うと懐紙で目元を拭った。

「富殿のせいです」

不満をぶつけるように言った大橋は、改めて告げる。

「富殿に、殿の御沙汰《おさた》にござる」

頭を下げた富に、大橋は厳しい顔で続ける。

「此度の所業は、真島家を潰《つぶ》しかねぬ大罪であるが、これまで仕えてくれた情に報い、死は減ずる。即刻、この屋敷から退去せよ」

富は驚嘆《きょうたん》した顔をして大橋に訴えた。

「それは死ねとおっしゃるのと同じです！　殿に釈明させてください」

「殿の命である！」

大橋の厳しさに、いやだと泣きわめく富を楓がかばった。

「元はと言えば、ふき殿と花が悪いのです。あの親子がいかに父の寵愛《ちょうあい》を独り占めにしていたか、そなたも知っておろう」

楓の訴えに、大橋は目を逸《そ》らしている。

泣き崩れる富を気遣った楓が、大橋に両手をついて懇願した。

「父を待ち続けた母を哀れと思うなら、今一度大坂に戻って、再考を願ってくれてもよいではありませぬか」

大橋は聞くどころか、毅然たる態度で楓に告げる。

「殿のご意向は変わりませぬ。楓様にも、殿から命令がございます」

「わたくしに……」

楓よりも富が驚き、抱き寄せて大橋に訴えた。

「娘は何も悪いことをしておりませぬ」

「罰ではござらぬ」

そう言った大橋が伝えたのは、信濃《しなの》で二万石の領地を治める堀井《ほりい》家への行儀見習いだった。

堀井家は譜代の名門だが、これは事実上の追い出しであり、信義に嫁ぐ夢を絶《た》たれてしまった楓は、あまりの衝撃に耐えられず、虚脱して横たわってしまった。

「楓、楓！」

富が身体をゆすっても、楓は一点を見つめて返事をしない。

富は藤にすがり付き、娘だけは助けてくれと訴えた。

だが、大橋の目を気にした藤は富を冷たく突き離し、澤に命じる。

「妾宅へ連れて行きなさい。殿のご命令どおり、即刻退去させるように」

応じた澤は、手の者と富を楓から引き離し、奥御殿から出した。

富はその日のうちに、身の回りの手荷物のみで真島家から追い出され、別人のようにやつれた姿で、とぼとぼとどこかに歩いていった。

それから半月後に、楓は堀井家に引き取られていった。

楓が乗る姫駕籠を表門前で見送った霞は、桜と共に屋敷に入った。

「楓お姉様、大丈夫でしょうか」

心配する霞に、桜は鼻で笑い、蔑《さげす》んだ目を向ける。

「口ではそう言うけど、本音は邪魔者が一人いなくなったと思っているくせに」

「姉上、おやめください。わたしはほんとうに心配しているのですから」

「ふん、楓も往生際《おうじょうぎわ》悪く、大橋に下手《へた》な芝居をして同情を得ようとしたようだけど、あの者は父上の言うことしか聞かないのだから無駄よ。何より恐ろしいのは花だわ。大人しい顔をして悪知恵を働かせるのは、母親譲りね」

罵《ののし》る顔が藤にそっくりだと思った霞は、奥御殿に入る桜を見送り、妾宅に帰った。

待っていた瑠璃に、霞は見て感じたままを伝えた。

黙って聞いていた瑠璃は、熱い茶を淹《い》れ、菓子を添えて出してくれた。

「桜お姉様は酷いと思いませぬか。あのような言い方をされなくても」

尚《なお》も不服をぶつけた霞は、うまくいった、と聞こえた気がして、菓子を取ろうとした手を止めて顔を上げた。

「母上、今なんとおっしゃいましたか？」

「この子ったら落ち着きなさい。空耳です、わたくしは何も言っていません」

確かにそう聞こえた気がする霞は、微笑む瑠璃の顔を見て、首を傾げるのだった。

六

藤にとって、長年自分に忠実だった富を失ったことは痛手で、日が経つにつれて寂しさが増すのであった。

気落ちしている藤を心配して、澤が声をかける。

「ともあれ奥方様、桜お嬢様にとっては、邪魔者が減ってようございました」

軽口をたたく澤に対し、藤は嫌悪《けんお》をあらわにする。

「何がよいものですか。先ほどあいさつに来てくれた一成殿が、信義殿は此度の件について、当家への心象を悪くしたと言うておりました」

「それは、花お嬢様を出された時からではないかと」

藤に睨まれて失言に気付いた澤が、ばつが悪そうな顔をうつむけた。

「お嬢様などと言わなくてよろしい！」

機嫌が悪い藤に、澤は背中を丸めてあやまった。

藤は、意外にも花が瀬那に気に入られたこともおもしろくないのだと、吐き捨てるように声を張り、思案を巡らせた。

そして、不安そうな顔をして澤に言う。

「花がこのまま嫁にでも行けば、意趣返しをされかねない」

「確かにおっしゃるとおりかと。富殿の件で気を良くした花が、ありもしないことを瀬那様に吹き込めば、大坂の殿の立場が悪くなる恐れもございます」

爪《つめ》を噛んだ藤は、意地の悪い顔をして策を述べる。

「保坂家に迷惑をかけたことを立腹されている殿のお気持ちを逆手《さかて》に取り、花を呼び戻してやる」

「それがよろしいかと存じます」

うなずいた藤は、すぐに手を打った。

藤からの文を受け取った瀬那は、花を戻せば、また酷い暮らしをさせられるのではないかと案じた。

「どうしたものか」

脇息に寄りかかってこめかみを押さえ、嘆息した瀬那を見ていた早乙女が、控えている侍女に聞こえないよう口添えをする。

「僭越《せんえつ》ながら申し上げます」

瀬那は顔を上げず、気だるそうに応じる。

「何か」

「花殿は、まことに良い娘と存じます。家柄も申し分ないかと」

瀬那は脇息から身を起こした。

「まさかそなた、勇里の嫁にせよと申すか」

「奥方様の悩みの種である女遊びもなくなりましたことですし」

珍《めずら》しく相好《そうごう》を崩す早乙女をしげしげと見た瀬那は、納得したようにうなずく。

「確かに、良い考えです」

立ち上がった瀬那は、夫貞孝がいる表御殿に急ぎ、勇里と花の縁談を進めるよう頼んだ。

瀬那に逆らわぬ貞孝は、すぐさま勇里を呼んだ。

花を娶《めと》る話は、勇里にとって願ってもないことだ。

「是非とも、お願い申します」

親を悩ませていた遊び人の勇里が平身低頭した姿を見た貞孝は、思わずこぼした。

「これは驚いた。付ける薬はないと思うてあきらめておったが、まさか、特効薬があったとはのう」

瀬那と顔を合わせ、にんまりと笑みを交わした貞孝は、これほど嬉しいことはないと言い、書状をしたためた。

こうして、花が知らぬところで縁談が進められた。

江戸に留《とど》まっていた大橋は、兼続の名代として保坂家からの縁談の申し入れを受け取り、奥御殿へ急いだ。

「奥方様、これは良縁ですぞ。殿もお喜びになられましょう」

乗り気で言上したのだが、藤が認めるはずもなく顔をしかめた。

「大橋殿は、勇里殿の素行の悪さを知らぬのですか」

不機嫌に切り出し、勇里の女遊びに尾ひれを付けて、酔って喧嘩《けんか》をする、人の痛みがわからぬ不埒者、などと素行の悪さを並べ、そのような者に花を嫁がせれば、兼続がいい笑い者になると言って大反対した。

藤の剣幕にすっかり萎《しお》れてしまった大橋は、声をしぼり出す。

「されど奥方様、瀬那様は将軍家の縁者であらせられますから、素行の悪さを理由に断れば、それこそ殿がお困りになるのではないでしょうか。ここは殿のご判断に……」

「無用です！　花のことが可愛くて仕方のない殿が、あのならず者に嫁がせるはずがないでしょう」

「しかし勝手に断っては……」

「お忙しい殿を煩《わずら》わせるまでもない！」

藤の金切り声に、大橋は口を閉ざした。

「うまく考えるのがそなたの役目であろう。なんのために殿のそばに仕えているのです」

「はは」

従うしかない大橋は、藤の前から下がった。表御殿に戻るため廊下を歩いていると、声をかけられた。足を止めた大橋は、別室から出てきた瑠璃に片膝をついて頭を下げた。

四十前の瑠璃の美しさは、歳《とし》が近い大橋の胸をざわつかせる。

「大橋殿」

「はは」

「藤殿のお声が大きいから、聞こえてしまいました。ずいぶん困っているようですが、わたくしがお助けしましょうか」

頭を上げた大橋は、近づいてきた瑠璃に息を呑む。

男心をくすぐる色香を漂わせている瑠璃は、小声で告げる。

「花が嫁いでしまえば、まだ相手も決まっていない桜殿はどう思うかしら」

「そ、それは」

「藤殿は、桜殿を悲しませたくないのです」

「はあ……」

困った顔をする大橋にさらに近づいた瑠璃は、耳元でささやいた。

花を呼び戻す妙案を告げられた大橋は、目鼻立ちが良い顔に安堵《あんど》の笑みを浮かべた。

「なるほど、それならば、瀬那様も納得されましょう」

喜んで頭を下げた大橋は、瑠璃に手をにぎられてふたたび息を呑んだ。

「ひとつ、貸しですよ」

流し目で桜色の唇《くちびる》を微笑ませる瑠璃に急接近された大橋は、忠臣であるはずなのに、危険な下心を芽生《めば》えさせてしまうのだった。

それは瑠璃とて同じだ。長らく兼続に放《ほう》っておかれた女だけに、年下で男らしい大橋に迷いが生じてしまうのである。

ただ瑠璃の場合は、今はじまった迷いではないといえよう。恋をしたことがないうちに兼続の妾になり、一成と霞の子宝に恵まれてからは、母として生きてきたのだ。

それが今になって、瑠璃の身体を火照《ほて》らせるのである。

大橋を見る瑠璃の目はそういう思いを含んでいるため、男も迷うのだ。

そんな瑠璃の助け舟を受け入れた大橋は、さっそく兼続に文を送った。

兼続の返答を携《たずさ》えた大橋が保坂家に来たのは、一月後だ。

文に目を通した貞孝は、肩を落として瀬那と勇里に言う。

「兼続殿は、良縁を得て胸躍《おど》る思いであると書いているが、いっぽうで、先日の毒騒動で深く胸を痛めておるようじゃ。もう十分に謝意を示し、こちらも許しておるというのに、おそれ多いと申して断ってきよった。花も、戻したいそうじゃ」

勇里が慌てた。

「戻してはなりませぬ」

「お黙りなさい」

瀬那に叱られても、勇里は続ける。

「大橋殿、兼続殿は花が虐げられているのをご存じのはず。そのような家に、何ゆえ戻すとおっしゃるのです」

大橋は悲しそうな顔をうつむけて告げる。

「花お嬢様を疎《うと》んじていた富殿を屋敷から出されておりますゆえ、殿は心配ないと判断されました。されど富殿がどこまで改心しておるかわからず、花お嬢様がこちらでお世話になったままでは、またどのような手を使ってくるかわかりませぬ。取り返しがつかぬ事態になるのを恐れた殿は、涙を呑んで決断をされました」

平身低頭した大橋は、花を今日連れ帰らせていただきたいと願った。

思惑《おもわく》どおりにならぬと察した瀬那は、最後の抵抗をする。

「こちらも引き継ぎがありますから、二日、いえ、三日ほど猶予《ゆうよ》を願います」

「今日お連れするよう厳命を受けておりますゆえ、平にご容赦を願いまする」

勇里も抵抗しようとしたが、貞孝が止めた。

「もうよい。引き止めておるあいだに何かあっては御家同士の仲に亀裂《きれつ》が生じる。ここは、兼続殿の考えに従おう。瀬那、花に支度をさせなさい」

瀬那は引き下がるしかなかった。

荷物をまとめる花を、勇里は辛そうな顔をして、廊下の端から見守っている。声をかけようとしたが、早乙女が止めた。

「花殿が辛くなるだけです」

どうにもできない勇里は、柱に怒りをぶつけて拳《こぶし》で打ち、立ち去ってゆく。

「今日は帰らぬ」

また遊郭に行くのだ。

早乙女は止めようとしたが、悲しそうな勇里の背中に声をかけることができない。

早乙女が用意してくれた絹の小袖を纏い、支度を終えた花は、瀬那の前で両手をついて頭を下げた。

「お世話になりました」

声を震わせる花のそばに行った瀬那は、手を取って言う。

「そなたを守ると言っておきながら、このようなことになり、許しておくれ」

花は首を横に振り、笑みを浮かべた。

抱きしめて背中をさすった瀬那は、

「そなたのことを、ほんとうの娘と思っていましたから寂しい……」

寂しい、と声を詰まらせて泣いた。

外は、悲しい雨が降りはじめた。

瀬那と早乙女に見送られた花は、大橋に従い駕籠に乗った。

瀬那が雨の中に歩み出ると、戸を閉めようとした大橋をどかせて、花に言う。

「達者《たっしゃ》で暮らすのですよ」

花は、堪えていた涙がこぼれたのを慌てて拭い、笑みを浮かべようとするのだが、
瀬那の温かさに母を感じて顔が歪んでしまい、気持ちを抑えられなくなった。

泣く花を瀬那は抱き寄せて、小声で告げる。

「わたくしが必ず助けますから、それまで辛抱《しんぼう》なさい」

花はしがみ付き、

「離れたくありませぬ」

泣いて訴えたが、大橋が二人を引き離しにかかる。

「そろそろまいりませぬと日が暮れます」

早乙女も促し、瀬那と花は手を離した。

雨に煙る通りを進む花の駕籠が見えなくなるまで見ていたのは、勇里だ。気付かれないよう駕籠に続き、無事真島家に入るのを見届けた勇里は、門の前に立った。

「ここから必ず助け出してやるからな」

自分の決意を声に出した勇里は、走り去った。

七

戻った花を待っていたのは、以前にも増して過酷な仕打ちだった。

花を乗せた駕籠は、人目をはばかるように裏庭に運び込まれ、藤と瑠璃をはじめ、奥女中や下女たちが集まる奥御殿の大部屋の前に置かれた。どうやら、先に走った者が花の帰宅を知らせていたようだった。

皆が見ている前で藤が指図をすると、澤が奥女中と駕籠に歩み寄り、戸を開けた。

二人の奥女中に引きずり出された花は、皆が揃っているのに驚き、座敷に君臨する藤に恐ろしい目を向けられて平伏した。

雨脚が強くなった庭で平伏する花は、ずぶ濡《ぬ》れになっても頭を上げることを許されず、紙で作られている元結《もとゆい》が水に溶けて切れ、垂れ下がった髪が濡れた頰に張り付いた。

それを見てようやく、藤は花に頭を上げさせたのだが、口元に憎悪を浮かべて告げる。

「よくも保坂家を騒がせ、当家の旦那《だんな》様に恥をかかせてくれた」

花に対し、当家の、と主張する藤は、悪意に満ちた顔で続ける。

「その罪は、決して軽くはない。武家の娘のはしくれならば、己でけじめを付けよ」

藤は懐剣を手に立ち上がり、花の前に投げ捨てた。

自ら命を絶《た》てという意味に、花は唇を嚙みしめる。

悲痛な面持ちで見ていたお梅が、お目こぼしを願い出ようとしたのだが、お樹津に押さえ込まれた。

花は雨粒と共に涙をこぼし、両手で懐剣をにぎると、震える手で抜いた。

お梅が悲鳴をあげて止めようとしたが、周囲の者はざわついている。花が抜いた懐剣が真剣ではなく、竹光《たけみつ》だったからだ。

藤が厳しい顔で告げる。

「皆の者、しかと見たであろう。命を絶とうとしたのは、この者が罪を認めた証です。兼続殿に恥をかかせたこの者は、もはや当家の娘ではない。今後は下女として、お樹津の下で働くことを命じます」

花の言い分を聞こうともしない藤は、その場から立ち去った。

瑠璃は、何も言えないといった様子で、哀れみを浮かべた顔で花を見ながら、藤のあとを追ってゆく。

竹光をにぎり締めて茫然としている花の前に立ったお樹津が、口汚く言う。

「罪人に上等な着物は必要ない。脱《ぬ》がせな」

手下の下女たちが寄ってたかって花の小袖を脱がしにかかった。

襦袢《じゅばん》だけにされてうずくまる花に、お樹津が言う。

「住まいだけは、あの幽霊屋敷に暮らすことを許されたから奥方様に感謝しな。着る物も置いてあるから帰って休むといい。明日は朝一番に起きて、湯を沸かしておくんだよ」

花のせいで雨に濡れたと吐き捨てたお樹津は、手下の女たちと自分の部屋に引き上げてゆく。

瀬那からもらった着物や簪まで奪われても、花にはどうすることもできなかった。

雨の中、裸足《はだし》で祖父母が暮らしていた離れに戻った花は、濡れた襦袢を脱いで着替えようとしたのだが、粗末なお仕着せは誰かの古着らしく、所々ほつれていた。

それでも身に纏った花は、夕食も与えられずそのまま眠り、朝は暗いうちから奥御殿の台所に立った。

湯が沸いた頃に、お樹津たちが起きてきた。

花が水を汲みに外へ出ようとすると、お樹津の手下が怒鳴った。

「あいさつをしなさい！」

花が頭を下げると、お樹津は意地の悪い顔をして応じ、奥御殿の掃除を命じた。

そのあいだ、皆は自分たちの朝餉《あさげ》の支度を調《ととの》え、手早くすます。

昨日の夜から何も食べていない花だったが、食欲などなく、廊下の拭き掃除にかかった。

台所方が調えた藤たちの朝餉が届けられ、澤や女中たちが届けにかかる。

廊下の掃除をしていた花は、端に寄って場を空けた。

一度立ち止まった澤が、蔑んだ目を向けて通り過ぎてゆく。

味噌汁《みそしる》のいい匂いが花の腹の虫を目ざめさせ、ぐうっと鳴った。

「そこが終わったら食事をすませなさい」

名も知らぬ下女に言われて、花は返事をした。

きっちり拭き掃除をすませた花が、下女が使う板の間に行くと、ぽつんと箱膳《はこぜん》が置いてあった。自分が以前、下働きをさせられていた時に使っていたものだ。

正座して箸と飯茶碗を手にした花は、目を見張った。ご飯に痰《たん》が吐かれていたからだ。

様子を見に来たお樹津が、茶碗を覗《のぞ》き込んで汚い物を見る顔をして、残念そうに言う。

「ああ、やられたね」

花はうつむいたまま問う。

「どういうことですか」

「富様から手当てがもらえなくなった連中が、お前を恨んでいるのさ。これくらいですむといいけどね。まあせいぜい気を付けな。ああ、米を無駄にするんじゃないよ」

お樹津はそう言って立ち去り、他の下女たちとひそひそ話をして笑っている。

ご飯を捨てれば、また何をされるかわからない。

そう思った花は、箸を付けて口に運ぼうとしたのだが、見かねて来たお梅が手で払い落とした。

「そんなの食べたらいけません」

箸とご飯粒が床に散らばるのを呆然と見ていた花は、拾い集めようとしたのだが、お梅が先に拾い、膳を持って炊事場に下がると、すべて捨てた。

お樹津たちは、おもしろくなさそうに見ているが、お梅を責めはせずに出ていった。

お梅は、花のために食事を支度しようとしたが、お櫃《ひつ》は空だった。炊事場に置いてある味噌汁の鍋も空で、食べるものは漬物しかない。

藤たちの食事を作る台所へ行こうとするお梅を、花は止めた。

「ありがとう。でも、あそこへ行けばお梅が叱られるからやめて。わたしはおなかがすいていないから」

「でも……」

「いいのよ、ほんとうに」

花は微笑んで言い、洗濯をしに井戸端へ行った。

お梅と二人で着物や襦袢を洗っていると、自然と会話がはずむ。

昼餉と夕餉は何もされることなく食べることができ、夜遅くまで働いた花は、くたくたになって離れに戻ると、畳んでいた布団に突っ伏して、そのまま眠った。

翌日は、富からの手当てがなくなった女中たちから、あからさまな嫌がらせをされた。

お梅と洗濯をしているところへやって来た二人の女中が、自分たちのも洗えと命じて、山のように襦袢を置いて去った。

「自分のもろくに洗う時間がないというのに」

不服をこぼすお梅に、花は申しわけなくなった。

「ごめんなさい。わたしのせいで」

お梅は不服そうに言う。

「もうそれは言わないって、約束してください。わたしは望んで花お嬢様のそばにいるのですから」

前に助けたことを今も恩に着ているお梅に、花は言う。

「瀬那様が迎えにきてくださるから、その時は、わたしと一緒にここを出ましょう」

お梅は目を輝かせた。

「瀬那様が？」

「そう約束してくださったのよ」

「それは、勇里様との縁談がまだ生きているということですか」

「そこはわからないわ。でも、瀬那様のお言葉を胸に、今は耐え忍ぶことにしているの。誰にも言わないでね」

「言いません、言うものですか」

周囲に耳目がないのを確かめたお梅は、二人の秘密、と嬉しそうに微笑んだ。

第四章
愛憎に暮れる日々

一

花《はな》の辛《つら》い暮らしは、季節が移ろい冬になっても続いていた。

女中たちの嫌がらせは弱まるどころか酷《ひど》くなるいっぽうで、一日の楽しみのひとつである食事をわざとひっくり返されたり、肥溜《こえだめ》の汲《く》み取りや、どぶさらいなどの汚い仕事もさせられた。

今の真島《ましま》家で、花を気にかけているのはお梅《うめ》と瑠璃《るり》しかいない。

以前は目をかけてくれていた一成《かずなり》は、藤《ふじ》から厳しく言われているらしく、様子を見るだけで救いの手を差し伸べることはしなかった。

信義《のぶよし》はというと、友である一成の立場が悪くなるのを好《よ》しとせず、花に会うのを控《ひか》えているうちに足が遠のき、今では一成のほうが青山《あおやま》家に足を運んでいる。

信義が来なくなったもうひとつの理由は、桜《さくら》を嫁《とつ》がせたい藤のあからさまさが、

「鬱陶《うっとう》しくなられたに決まっています」

お梅にこう言わせるほど、訪ねるたびに桜と会わせようとしていたのだ。

奥御殿の下働きで一日を終えるのが精一杯の花にとって、もはやどうでもいい話だ。

本を読む時間も気力もない花の心の支えは、瀬那《せな》が助けに来てくれる、ただそれしかない。

優しい瀬那に母の面影《おもかげ》を重ねている花は、その日を夢にまで見て日々過ごしている。

強く生きなさいという母の言葉を胸に、辛くても泣かなかった。

挫《くじ》けてなるものかと自分に言い聞かせ、笑顔を絶《た》やさず仕事に励《はげ》み、冬の冷たい水で手がぼろぼろになっても、お梅と互いを労《いたわ》りながら働いた。

辛いことばかりではなかった。時々ではあるが、瑠璃が菓子をくれたりしたのだ。

甘い物など滅多に口に入らなくなっていた花は、瑠璃がこっそり渡してくれる手作りの団子を食べると、頬《ほお》が落ちそうなほどの美味《おい》しさに涙がこぼれそうになるのだった。お梅にも分けてやりたいと言うと、瑠璃は決まってだめだと言うのが不思議だったが、お梅は下女たちと夜には甘い物を食べていると言われて、それなら良かったと納得した。

ただ、瑠璃が菓子をくれた次の日には、甘い物をいっぱい食べたせいか、身体《からだ》がだるくてしかたなかった。

二日もすれば治ったので、身体がびっくりしたのだと自分で納得して、辛い仕事に励むのだった。

瑠璃が時々菓子を恵んでくれるのを楽しみに暮らしていたある日、黙然と仕事をしている花を見ていたお樹津《きつ》が、下女のお春《はる》に言った。

「あの子、そろそろ危ないわね」

鬼のようなお樹津にそう言わせるほど痩《や》せ衰《おとろ》え、表情に生気というものがなくなっているのだ。

一緒に洗濯《せんたく》をしていたお梅が手を止めて、花の顔をまじまじと見てきた。

「花お嬢様、近頃《ちかごろ》目の下にくまができていますけど、どこかお具合が悪いのですか」

鏡を見たのはいつのことか思い出せない花は、桶《おけ》の水面に映る自分の顔を覗《のぞ》き込んだ。

「そうかしら」

よくわからない花は、気のせいだと笑って返す。

「どこも悪くないと言えば嘘《うそ》になるわね。手が痛いから」

がさがさになっている手の甲をさすると、お梅も見せてきた。

あかぎれの手を見せ合って、笑う余裕がある。

嫌がらせに挫けず、素直で懸命《けんめい》に働く花に対し、女中や下女たちはいたぶることに飽《あ》きたのか、それとも馬鹿だと呆《あき》れたのか、寒さが緩んだ頃になると、顔をしかめたくなるようなことをされなくなった。

中には、お梅を通して美味しい飴玉《あめだま》をくれる者もいた。

誰《だれ》か訊《き》いても、お梅は口止めをされているため教えてくれなかったが、黒飴は、食欲がない時には助かるのだった。

離れに来た瑠璃は、花が黒飴を持っているのを見て微笑《ほほえ》み、

「もっと美味しいお菓子があるわよ」

と言って、桐《きり》の箱を開けて差し出した。

前に勇里《ゆうり》にもらって食べたことがある、金平糖《こんぺいとう》や落雁《らくがん》などをちりばめた、華やかさで目も楽しませてくれる菓子箱だ。

落雁をすすめられた花は、一粒口に入れた。とろりと溶け、瑠璃が作る菓子と同じ独特の風味が口いっぱいに広がってゆく。何より、勇里の優しい笑顔が頭に浮かび、涙がこぼれそうになった。

花はその気持ちを誤魔化《ごまか》して、笑顔で言う。

「母上も、この香りを好んでいました」

瑠璃は微笑む。

「あなたは、おふきさんとそっくりだから、味の好みまで一緒だと思ったのよ。もっと召し上がれ」

「ありがとうございます」

花は菓子箱に手を差し伸べたのだが、眩暈《めまい》がして、そのまま横向きに倒れた。

眩《まばゆ》いばかりに美しい花畑の向こうに母がいる。だが、花が近づくと母は無言で首を横に振り、帰れという仕草で手を振るのだ。

「母上、どうして」

自分の声で、花は目をさました。

ぼんやりと霞《かす》む視界の中に、上から覗き込む者がいた。

「花お嬢様！」

お梅の声で頭がはっきりして、花は身を起こそうとしたのだが、力が入らない。

「そのまま横になっていてください。毒を盛られたのですから」

「そう」

実感がなく、他人事《ひとごと》のように返事をする花に、お梅は悔し涙を浮かべて言う。

「やったのは、女中のお竹《たけ》殿です」

いつも洗濯物を山ほど置いていく小柄な姿を思い出した花は、そのようなことをする人だとは思えなかった。なぜなら、お竹も先任の者に命じられて、申しわけなさそうな顔をしていたからだ。

お梅が声を震わせた。

「疑わなかったわたしがいけないのです。毒は、飴玉に……」

途中で泣き崩れたお梅に代わってそばに来たのは、一成だ。

「倒れた時にお梅が来たのと、母がそばにいたのが良かったのだ。すぐに医者を呼んで毒消しを飲ませたおかげで、こうして命拾いをした」

安堵《あんど》の息を吐く一成に微笑んだ花は、飴玉をもらうようになる前にも、眩暈がしたことがあると言おうとしたのだが、瑠璃が来たので口を閉ざした。

瑠璃は涙を流して、花を抱き寄せた。

「目の前で倒れた時は気が動転してしまい、お梅が来なかったらどうなっていたかと思うと、恐ろしくて……。命が助かって、ほんとうに良かった」

一成が花に言う。

「医者が毒だと言った時、母上は飴玉を見せたのだ。お梅を問い詰めたところ、飴玉を渡していたのが女中だとわかり、今牢屋《ろうや》に入れている」

花は気になった。

「ほんとうに、その人が飴に毒を入れていたのですか」

一成はうなずく。

「覚えがないと言い張っているが、花が持っていた飴玉から毒が見つかったのだ。動かぬ証《あかし》であろう」

一成に続いて瑠璃が言う。

「お梅が口止めをされたのは、そういうことだったのよ。お竹は富殿に可愛《かわい》がられていたから、花のせいで富殿が追い出されたと逆恨《さかうら》みをしていたに違いないの。一成殿、一刻も早く罰《ばつ》を受けさせなさい」

珍《めずら》しく怒りをあらわにして厳しく告《つ》げる瑠璃に、一成はうなずく。

「花を殺そうとするなど断じて許しませぬが、父上に知らせて沙汰《さた》を待ちます」

旗本の屋敷内で起きたことの裁きは、当主に委《ゆだ》ねられる。

一成は瑠璃に言う。

「父上はおそらく、お竹に自害を命じられるでしょう」

自分のために人が死んでしまうのが耐《た》えられない花は、大坂《おおさか》に使者を出すと言って行こうとする一成の腕にしがみ付いた。

「どうか、父上には黙っていてください」

一成は困惑した。

「何を言っている。殺されかけたのだぞ」

「それでも、お竹さんには死んでほしくないのです。屋敷から出すだけにしてください」

「お前は何も心配するな。父上がお決めになることだ」

一成は手を離そうとしたが、花は着物を摑《つか》んだ手を緩めず懇願《こんがん》した。

「お願いします兄上、父上には言わないでください」

「花……」

お前という奴《やつ》は、と言いたそうな顔をする一成に、瑠璃が言う。

「花は優しい子だから、自分のせいでお竹が死んでしまうと思ってしまうのよ。一成殿、ここは花の気持ちを考えてやりなさい。お竹は身寄りがないから、尼寺《あまでら》に出家させて、生涯《しょうがい》をかけて罪を償《つぐな》わせてはどうかしら」

考える顔をした一成は、気落ちしたように言う。

「良いお考えかと思いますが、藤殿が許されましょうか」

「藤殿はなんとおっしゃっているのですか」

「ここでは言えませぬ」

ちらりと目を向けられた花は、ああ、藤殿はお竹さんの味方なのだと思った。

瑠璃が不機嫌に言う。

「まさか、お咎《とが》めなしにするとでもおっしゃっているの」

「お竹は忠臣だと、お褒《ほ》めに」

「まあっ」

瑠璃は憤《いきどお》りをあらわにした。

「花が可哀《かわい》そうではありませぬか」

「母上、わたしに怒らないでください」

困り顔で訴えた一成は、この二日後に、花の案を受け入れてお竹を屋敷から出した。

尼寺への出家は藤から強く反対され、お竹は藤の長女が嫁いでいる旗本の北条《ほうじょう》家に引き取られたのだ。

「出される時も、お竹殿は潔白を訴えていたそうです」

夕餉《ゆうげ》を持って来てくれたお梅から聞いた花は、梅肉としそを刻んで入れられている粥《かゆ》を匙《さじ》ですくった手を止め、しげしげと見つめた。

お梅が覗き込むようにしてきた。

「お嬢様、何をお考えですか」

「わたしは、殺したいほど恨まれるようなことをしたのかしら。それとも、こうして生きているだけで、人を不快にするのかしら」

花は匙を落とし、母の血が流れる両手を見つめた。

「母も、殺されたのでは……」

お梅が抱き付いてきた。

「花お嬢様は、わたしがお守りします。このお粥も毒見をしていますから、安心してください」

花ははっとしてお梅を離した。

「そのようなことをしてはいけません。もしお梅に何かあったら、わたし……」

泣くまいと思っても、涙がとめどなく溢《あふ》れてきた。

「耐えられないから」

お梅も頬を濡《ぬ》らして首を横に振る。

「お嬢様のためなら喜んで毒に当たります。ですから、死のうなんて思わないでください」

「思わない。死んだりしないから、毒見はやめて、ねえお願いだから、うんと言って」

両腕を摑んで揺する花に、お梅は涙を拭《ぬぐ》って笑みを浮かべた。

「わかりました。でもくれぐれも、気を付けてください」

花はうなずき、涙を拭って微笑むと、お梅が支度《したく》してくれた粥を食べた。

二

花が毒を盛られたことは、藤を警戒《けいかい》させた。

「このようなことになるとは、思いもしていなかった。さすがにやりすぎよ。花を死なせてしまえば、わたしが殿に手討ちにされかねない」

澤《さわ》は神妙な顔でうなずく。

「お竹は、あのような毒をどこから手に入れたのでしょうか」

花に盛られた毒を調べた四井《よつい》玄才《げんさい》は、ゆっくりと臓腑《ぞうふ》を傷つけ、病死に見せかけることができる恐ろしいものだと報告していたのだ。

「そこが解《げ》せぬところよ」

藤は、勘繰ったような眼差《まなざ》しで続ける。

「富殿が渡したか、あるいは、もう一人……」

先を言わぬ藤に代わって、澤が口に出す。

「ふき殿が女狐《めぎつね》と思うておりましたが、この屋敷には、九尾《きゅうび》の狐がいるのではないでしょうか」

藤は険しい顔で告げる。

「証がないゆえ、憶測《おくそく》で語ってはなりませぬ。今よりわたしの口に入る物は、すべて毒を調べなさい」

「かしこまりました」

そこへ、お竹に代わって女中に抜擢《ばってき》されたお春が来た。

藤の忠臣である二十歳《はたち》のお春は、目鼻立ちが整った顔を神妙にして告げる。

「沢辺《さわべ》殿が、急ぎお目通りを願われてございます」

「通しなさい」

程なく、お春に案内されて座敷に入った沢辺が、うやうやしく告げる。

「先ほど、堀井《ほりい》家から書状が届けられました。一通は大坂の殿にとのこと、こちらは奥方様に、楓《かえで》の方様からにございます」

沢辺から書状を受け取ろうとした澤が、言葉の異変に気付いて問う。

「今、楓の方様とおっしゃいましたか」

沢辺は老顔に含み笑みを浮かべ、藤に両手をついた。

「おめでとうございます」

はっとした顔をした藤は、澤に早くよこせと命じて書状を摑み取り、読み進めて愕《がく》然《ぜん》とした。

「楓が、堀井丹波守武直《たんばのかみたけなお》殿のお手付きとなったのか」

「はい」

「武直殿は四十を過ぎておるのに、楓のような小娘に魅《み》せられたと申すのか」

「ご正室とご側室は五人ほどおられますが、楓の方様はあのご器量ですから、目に留まって当然かと」

驚く藤に、沢辺が顔を上げて微笑む。

「楓様は此度《こたび》、めでたくご懐妊あそばされたよしにて」

「なんと！」

絶句する藤の顔色を楽しむように、沢辺は続ける。

「ご存じのとおり、武直侯はご正室とご側室が五人おられても、これまで子宝に恵まれておられませぬ。待望の第一子の懐妊をたいそう喜ばれた武直侯のご孝心により、楓の方様ご母堂の富様には、愛宕下《あたごした》の上屋敷近くに大きな屋敷と、世話をする者たちを二十人も与えられたそうにございます」

「堀井家は名門の大名だけに、当主から寵愛《ちょうあい》を受ける者は親族までも厚遇されるということか」

もはや妬《ねた》みの声も出ぬ様子の藤は、茫然自失《ぼうぜんじしつ》となっている。

いつも下僕《げぼく》同然に扱われている沢辺は、高飛車な藤が狼狽《うろた》えるのを肚《はら》の中で笑いながら、こうも言った。

「富様と奥方様は仲がよろしゅうございましたから、楓の方様が名門のお世継ぎをお産みにでもなられましたら、この上ない喜びでございましょう。あのような仕打ちをなさっていなければ、の話ですが」

小声で嫌味を付け加える老臣に、藤はきっとした顔をする。

「お黙り！」

「ともあれ」

聞こえぬ体で沢辺が続ける。

「富様は過分なる孝心でそれなりの力を得られたのですから、お竹をそそのかし、花お嬢様に意趣返しをされたのやも、しれませぬ。くれぐれも、お気を付けくだされ」

「黙れと言うておる！」

金切り声をあげた藤は、頭を押さえてふらついた。

慌てて支えた澤が、

「お怒りは身体によろしくありませぬ」

などと言って落ち着かせようとしたのだが、藤の富に対する怒りと妬みは大きく、しまいには湯呑《ゆの》み茶碗《ぢゃわん》を庭に投げ捨てるなど、見苦しい姿をさらした。

「こんなことになったのも、あの女狐の娘のせいよ。花を呼んできなさい」

澤が応じて立ち去った。

まだ体調が優れない花は一日横になっていたのだが、お梅が粥を届けてくれ、話をしながら食べていた。

奥御殿から藤の怒鳴り声が聞こえたと言ったお梅が、庭から澤が来たのに気付いて口を閉ざす。

澤は不機嫌極まりない顔で花に告げる。

「奥方様がお呼びです。すぐ支度をなさい」

お梅がかばった。

「花お嬢様は、まだ体調が優れず働けませぬ」

「お黙り！」

お梅に罰がくだると思った花は、今行きます、と言って着替えにかかった。

粗末なお仕着せで身なりを整えて出ると、澤から早くしろと言わんばかりの顔をされ、後ろに付いて母屋《おもや》へ急いだ。

裏庭にひざまずく花の前に出てきた藤が、口の中が切れるのではないかと不安になるほどの力で頬を摑んできた。

「見れば見るほど、女狐に似てきたわね。目障《めざわ》りな」

今年の正月で十六歳になっている花の顔を忌々《いまいま》しげに見た藤は、荒々しく顔を突き離した。

花は悪いことをしていないのに、平伏した。

憎しみを込めた目を向けて立ち上がった藤が、お春に顎を引く。

応じたお春は、花の前に三方を置いた。分厚い紙の束《たば》と、見たことがない表紙の書物が置かれている。

藤が告げる。

「そなたのおかげで、楓がめでたく堀井武直侯のお子を身籠《みごも》ったそうです」

花は姉の慶事が嬉《うれ》しく思えたのだが、顔を上げない。

「おめでとうございます」

そう言うと、藤は憎々しく言う。

「それにくらべて、お前のなんと役に立たぬことか。毒を盛られたのは同情しますが、こうまで働けぬなら、せめて楓の安産を願って写経をしなさい」

「喜んでいたします」

「ご利益を強めるために、一日五十枚は書くように。それまで寝ることは許しませぬ」

拒《こば》むことは許されるはずもなく、花は承知した。

写経は、座るのも辛い花にとっては苦難以外の何物でもなかった。

手は震えて字がうまく書けず、何度も紙を無駄にしているうちに、日が暮れてしまう毎日が続いた。

五十枚を書き終えるのが夜中になるのは当たり前で、泥のように眠っても、すぐ朝になる。

　食事を届けにくるお梅は、目を赤くして、歯を食いしばって筆を持つ花のことを、ただ見ているしかできないと言って嘆《なげ》いた。

「大丈夫、十日もすれば、紙がなくなるから」

　花がそう言った時、昨日の写経を取りに来た澤が、新しい紙を重ねるではないか。

　これにはお梅が抗議した。

「どうして増やされるのですか」

「奥方様が、まだ足《た》りぬとおっしゃるからです」

「でも……」

「なんですお梅、そなたは、楓様の安産を願わぬと言うのですか」

　こう言われては、口を閉じるしかなかった。

　ふん、と蔑《さげす》んだ笑みを浮かべた澤が、写経の具合を確かめ、目を見張った。

「この字はなんですか」

　澤が示したのは、行の頭文字だ。

「呪、流、子、そして楓の一文字を繋《つな》げれば、楓の方様の腹の子が流れる呪詛《じゅそ》を意味します」

花は首を激しく横に振った。

「そのようなことしませぬ」

「いいえ！　これは呪詛です！」

言いがかりをつけて騒ぐ澤の声を聞いて駆け付けたのは、沢辺定五郎《さだごろう》だ。

「大きな声が外まで聞こえておるぞ。何ごとじゃ」

澤は写経を見せた。

「花は写経を命じられたのに、このとおり、楓の方様を呪詛しています」

「なんと！」

沢辺は花を見てきた。

「字を間違えたのですか」

花は焦《あせ》り訴える。

「奥方様に渡された経典をそのまま写しました」

寝不足で頭がぼうっとしていた花は、お経を覚えず、誤字だけに気を付けて見たままの字を書き写していただけだが、一昨日までと違う経典に変わっているのに気付かなかった。

花が差し出した経典を受け取った澤に、

「これは奥方様の経典ではありませぬ」

と言われて、花はすり替えられていることにようやく気付いた。

疲れて深い眠りに落ちている隙《すき》に、誰かが忍び込んだに違いないが、こうなっては、何を言っても聞いてもらえないのを思い知らされている花は、あきらめた。

うな垂れる姿を、罪を認めたと見たのだろう、沢辺がため息をついた。

「殿がお嘆きになられますぞ」

瀬那様が助けに来てくださるまでの辛抱《しんぼう》だ。

自分にそう言い聞かせた花は、騒ぎを知って駆け付けた藤の前で、希望を持って頭を上げた。

「わたしは、呪詛などしていません。奥方様の経典を写しただけです」

言った途端に、顔を平手でたたかれた。

花は何が起きたかわからず、顔の痛みがあとから襲ってきた。

「わたしがさせたとでも言うのですか！」

耳障りな金切り声は、もう聞きたくない。

花は両手で耳を塞《ふさ》いだ。

「このことは、大坂の殿に知らせます。此度ばかりは、重い罰があると覚悟なさい！」

離れに閉じ込めろと命じられた澤が、女中たちと花を手荒に立たせた。

連れて行かれる花のあとを付いて歩いていたお梅は、瑠璃の家に入ろうとした一成に駆け寄って訴えた。

だが、

「わたしにも、どうすることもできないのだ」

そう返されるだけだった。

焦ったお梅の頭に浮かんだのは、瀬那でも勇里でもなく、信義だった。

信義に良い顔を見せたい藤は、花を許すよう頼まれれば応じるはずだと信じて、青山家に走った。

お梅から花の窮地《きゅうち》を聞かされた信義は、

「まずは一成殿と話そう。わたしに考えがある」

そう言い、真島家に急いだ。

お梅から一成の居場所を聞いている信義は、瑠璃が暮らす妾宅を直接訪ね、二人で話したいと告げた。

応じた一成と表の八畳間で向き合った信義は、厳しい顔で告げる。

「お梅から聞いた。花への仕打ちが聞くに堪《た》えぬ。どうしてやめさせないのだ」

一成は決まりが悪そうな顔をした。

「藤殿は、わたしの言うことなど聞かぬ。そのわけは言わずとも知っているだろう」

妾腹《しょうふく》の子だからだと一成は言いたいのだ。

重々承知の信義は言う。

「ならば、大坂のお父上に知らせたらどうだ。このままだと花が死んでしまうぞ」

一成が目に涙を浮かべるのを見て、信義は眉間《みけん》に皺《しわ》を寄せた。

「それも許されぬのか」

「わたしが花の味方をすれば、母が藤殿から辛く当たられるのだ」

「それはわかる、わかるが……」

花を心配するあまり、友を責めたことを後悔した信義は、何か手はないかとこぼした。

一成が信義の目を見る。

「前に、花を想《おも》う気持ちは遊びではないと言ったが、娶《めと》りたいという意味であろう」

信義は目を見開いた。

「いきなりなんだ」

「花を助けられるのは、わたしではなくお前ではないだろうか」

花に想いを寄せている信義は、否定しない。

「できることなら今すぐにでもそうしたいが、父が不在ゆえどうにもできぬ」

信義の父、青山甲斐守《かいのかみ》は、討幕をたくらむ長州《ちょうしゅう》藩を討伐する機運が高まる中、朝廷の動きを探るよう幕命を受けて上洛《じょうらく》したのだ。

一成は言う。

「戻られれば、花を娶ってくれるか」

「父も花のことを案じておられたから、きっと許してくださるはずだ」

瑠璃と霞《かすみ》の本音を知らない一成は、安堵の息を吐いて微笑んだ。

「ならば、花は辛くとも耐えられよう。今だけの辛抱だと、わたしから言ってもよいか」

信義は首を横に振った。

「待ってくれ、父上に文《ふみ》を送る」

「返答を待つか」

「花には、確かなことを伝えてやりたいのだ」

「それもそうだ。よし、ならば、しばらくの辛抱だとだけ、わたしから伝えておく」

跡取り息子たちが密《ひそ》かに交《か》わす約束ごとを盗み聞きしている影がある。

薄紅色の花柄の着物の袖《そで》が障子の角に見えた気がした信義は、瑠璃か霞に聞かれたと思い廊下に出たが、そこには誰もいなかった。

信義が帰って程なくして藤に呼ばれた瑠璃は、奥御殿を訪ねた。

藤の金切り声が廊下に響いてきたので、瑠璃が戸惑《とまど》った顔をしていると、侍女のお志乃《しの》が出てきた。

呼び止めた瑠璃が問う。

「また叱られたのですか」

お志乃は、ばつが悪そうな顔をした。

「機嫌が悪いようだけど、何があったの」

「わたしの口からは申し上げられません」

お志乃はそう言うと、足早に去っていった。

何かしら、とつぶやいた瑠璃が部屋に顔を出すと、藤がしかめっ面《つら》をして言う。

「悪い知らせよ、早く障子を閉めて座りなさい」

「どうされたのです。お顔が赤いですよ」

お志乃は怒りを鎮めようとして、逆に叱られたに違いなかった。

それほどに藤を怒らせるのは、花のことだろう。

そう勘繰った瑠璃が障子を閉めて座ると、藤は一通の文を差し出した。

目を通した瑠璃は驚き、藤を見た。

「勇里殿の縁談が決まったのですか」

藤は憎々しげに口を開く。

「その相手が問題よ。富は、この屋敷を追い出したのは殿だというのに、わたしが厄《やっ》介《かい》払いをしたと思っているに違いない」

瑠璃は気を使ったように告げる。

「奥方様は花が保《ほ》坂《さか》家に娶られるのを良く思われていませんでしたから、これで良かったではありませぬか」

「何が良いものですか。先ほど信義殿が、花を心配して一成殿を訪ねて来たのでしょう。信義殿はなんと言ったのです」

「さあ」

聞いていないという瑠璃に、藤は、桜には会おうともしないのに、と苛《いら》立《だ》った。

焦る藤に、瑠璃は困ったように告げる。

「富殿が奥方様を逆恨みしていたのなら、此度の勇里殿の急な縁談は、桜殿と信義殿の縁談を邪魔するのが狙いかもしれませぬ」

藤は瑠璃を睨んだ。

「言われなくてもわかっています。信義殿の気持ちが花に傾いているのを、楓は気付いていたのですから」

瑠璃は進言する。

「瀬那様は花を望まれていたのですから、今からでも、勇里殿に嫁がせることはできませぬか」

藤は首を横に振った。

「富がその文に書いているでしょう。縁談は上様のすすめでもあるのですから、瀬那殿は断れまい」

瑠璃は文の先を読み、ああ、と、落胆の声を出した。

藤がため息をつく。

「こうなるくらいなら、花と勇里殿の縁談を認めていればよかった」

そうこぼした藤は、こめかみを押さえて辛そうに目を閉じて続ける。

「お梅は信義殿と花については何も報告してこないが、まことに二人は、近づいていないのだろうか。一成殿から聞いていませんか」

瑠璃は頭を下げる。

「何も聞いていません」

「もうよい、下がりなさい」

うやうやしく応じた瑠璃は、妾宅には戻らず、裏門に急いだ。

耳目がないのを確かめた瑠璃は、勘七《かんしち》という顔見知りの門番に袖の下を渡し、何ごとか頼みごとをした。

「承知しました」

快諾した勘七に、瑠璃は優しい笑みを浮かべて、お願いね、と言って妾宅に帰った。

小判の重みを確かめて満足そうな顔をした勘七は、配下の門番に役目をまかせて、外へ出ていった。

三

一成と信義の密約を知らない花は、一成からしばらくの辛抱だと言われて、てっきり瀬那が迎えに来てくれるものだと思い込み、それを励みに、辛くとも写経を続けていた。

呪詛をしていたという、身に覚えのないことで罰を待っているあいだも、写経の筆を置くことを許されなかったのだ。

大坂にいる兼続は、名門である堀井家の第一子を呪詛したと言われては、いかに花が可愛くとも、見逃すわけにはいかないだろう。

だが、瀬那が迎えに来てくれるはず。

一成の言葉を信じて、花は離れでの軟禁に耐えて過ごした。

何も沙汰《さた》がなく十日が過ぎ、写経のせいで寝不足が続いている花は、そろそろ限界が来ていた。

眠ってしまいそうになるのを必死に堪え、お梅が美しいと言う字を書き続けている。

晴れた日の昼を過ぎ、西日が花の部屋に差し込みはじめた頃、庭に瑠璃が来た。焦った顔をして人目をはばかる仕草をした瑠璃は、部屋に上がって障子を閉めると、花のそばに来て告げる。

「今日はだいじな話があって来たのよ」

花は虚《うつ》ろな目を向け、力のない声で問う。

「罰が決まりましたか」

「そうじゃなくて、堀井武直侯の姪御《めいご》と、保坂勇里殿の縁談が決まったそうなの」

花は耳を疑い目を見開いた。

「嘘です」

「どうしてこんな嘘をつく必要があるの」

瑠璃は気の毒そうに続ける。

「瀬那様を待っていたのだから信じられないのね。でも嘘じゃないのよ」

堀井武直には、頼《より》姫という年頃の姪がおり、保坂勇里との縁談が決まったのは事実だった。

勇里に娶られ、瀬那と親子になる日を励みに苦行に耐え忍んでいた花にとって、瑠璃の赤い唇から吐き出される言葉は、生身を少しずつそがれるような感覚に陥《おちい》るほど、辛くて悲しい。

顔色をうかがっていた瑠璃は、悲しみに押しつぶされそうな花の心にとどめを刺す言葉を吐いた。

「きっと楓が色目を使って武直侯を籠絡《ろうらく》し、花の望みを絶ち切ったに違いないのよ。逆恨みもいいところね」

同情してくれているに違いない。なのに肚の底の嬉々《きき》とした気持ちを瑠璃の眼差《まなざ》しに見てしまった花は、うつむいて唇を噛《か》みしめた。

——そんなはずは——。

瑠璃は、膝の上で固くにぎり締めている花の右手を摑み、両手で包んで言う。

「この件には、藤殿も関《かか》わっているようなのよ」

「そうですか……」

瑠璃は手に力を込めてきた。

「これではっきりしたわ。藤殿は花をどこにも行かせないつもりよ。呪詛のことも、藤殿が花を貶めるために仕組んだに違いないのだし、大坂の殿から罰の沙汰がくれば、何をされるかわかったものではない。藤殿は、直接手を下せば殿から罰を受けるから、あなたをこうやってじわじわと苦しめて、病で命が尽きたように仕向けようとしているに違いないの」

理由は聞かなくてもわかる花は、母を想い目を閉じた。

「わたしは、死んだりしません」

「そう、死んではだめ。だからわたしは、花を助けるために来たのよ。この屋敷にいたのでは、いつか藤殿に殺されるに違いないから、無念の死を遂げたおふきさんのためにも逃げたほうがいい」

驚いて顔を上げた花に、瑠璃は真剣な眼差しでうなずく。そこに先程の嬉々とした色はない。やはり勘違いだった――。

「これを持って、今すぐ逃げなさい」

着物の袖から出したのは、小判を入れた巾着袋《きんちやく》だ。

「十両入っているから」

花は受け取らなかった。

「わたしには、もうどこにも行くところがありません」

縁談が決まった勇里を頼れば瀬那の迷惑になると思うと、涙がこぼれ落ちた。

「泣かないの」

瑠璃は懐紙で頬を拭い、そのまま両手で包み込んだ。温かい手だった。

「わたしの実家に話をつけているから大丈夫。兄が花を助けるから、殺される前に逃げなさい」

頼みの父からも罰を与えられるかもしれない。

そう考えると恐ろしくなった花は、瑠璃にすがるしかないと思うのだった。

「どうすればよいですか」

「わたしは出ることができないから、ここに道のりを書きました。怪しまれない内に、今すぐ駕籠《かご》を雇《やと》って行きなさい」

瑠璃は紙を渡してくれた。

花はお仕着せのまま離れから出ると、瑠璃の手引きで裏門に向かった。

瑠璃が手を回していたのか、門番はいない。

花は人目を盗んで門から出ると、見送る瑠璃に頭を下げた。

「早く行きなさい」

花はせめてお梅には心配させぬようお別れを言いたかったが、小声で言う瑠璃にもう一度頭を下げ、道を走り、左内坂《さないざか》をくだった。


夕方になり、お梅は花の食事を届けに離れに来た。いつもは開いているはずの障子が閉められているのに気付いたお梅は、廊下で声をかけた。

「花お嬢様、お食事をお持ちしました」

返事がない。

お梅は花が倒れたのだと思い、慌てて障子を開けた。だがそこに花はおらず、書きかけの写経がそのままになっている。

「花お嬢様……」

どこか別の場所で倒れているのではと心配したお梅は家中を捜し、母屋に知らせに走った。

花がいなくなったと報告を受けた藤は、金切り声をあげて捜せと命じ、真島家は騒動になった。

妾宅にいる瑠璃のところに来た一成は、霞に訊いた。

「花が行きそうなところを知らないか」

花がいなくなったのを心配して泣いていた霞は、首を横に振る。

「行くところなんてないはずです。みんなが酷い仕打ちをするから、いやになって逃げたに決まっています」

「困った。父上の耳に入ればわたしが叱られる」

息子には厳しい兼続を恐れている一成に、瑠璃が期待を持って問う。

「殿のご帰還が決まったのですか」

一成は首を横に振った。

「二年の任期が、一年延びたそうです」

酷く落胆した瑠璃は、一成の様子を見て言う。

「何をそう慌てているのです」

「父上に代わって、大橋《おおはし》殿が例の呪詛の件について詳しく調べに戻るという知らせが届いたのです」

瑠璃は驚いた。

「殿は、藤殿を信じておられぬのですか」

「父上は花に甘いですから、罰など与えないでしょう。藤殿の仕業《しわざ》を疑っておられるに決まっています」

「それが、どうしてそなたが叱られるのです」

「大橋殿が戻るまで、花の面倒を母上に見させるようにと」

兼続から届いた早飛脚の文を見せられた瑠璃は、花に何かあれば、関わった者は厳しく罰する、と書かれているのに愕然《がくぜん》とした。

一成が言う。

「父上はおそらく、この家の者ではなく外の者から花の窮地を知らされたのでしょう。この文を見ても酷くお怒りのご様子で、藤殿は、なんとしても花を捜し出せと焦っているのです。これまで散々酷い仕打ちをしてきた下女どもは、藤殿の力が、お怒りの父上に及ばぬと知り、下手《へた》をすると手討ちにされるかもしれぬと恐れおののいておるのです」

「あの優しい殿が、それほどにお怒りなのですか」

「文を届けた者が、激昂《げっこう》する父上を見たそうです。その話を聞いた下女頭のお樹津などは失禁をしたらしく……」

瑠璃が呆然とするのを見て、一成は口を閉ざした。

「汚いことをお耳に入れてしまい申しわけありませぬ」

妾宅の外から、騒ぐ下女たちの声が聞こえてきた。

花お嬢様、と何度も大声を発して、捜し回っているようだ。

「今さら遅い」

力なくこぼす瑠璃に、一成は妹と顔を見合わせた。

霞は首を傾《かし》げて、瑠璃に問う。

「母上、何が遅いのですか」

瑠璃はうな垂れて、涙をこぼした。

「花に菓子を届けた時、様子がおかしかったのです。もう生きるのはいやだと言うから、叱って元気付けたのですが、勇里殿の縁談を知って望みを失っていたのです」

一成は目を見張った。

「母上、花はほんとうにそう言っていたのですか」

「嘘を言ってどうするのです」

「しかし花には……」

「花は信義殿ではなく、勇里殿を好いていたのです」

「知らなかった」

動揺する一成の顔色を見て、瑠璃が切り出す。

「花を逃がしたのはわたしです」

一成はまた目を見張った。霞が責めるように言う。

「花はどこに行ったのです」

「このままでは藤殿に殺されると思ったのよ」

涙を流す瑠璃に、一成が問う。

「どこに逃がしたのですか」

「怒らないで一成」

「怒ってなどいませんから、言ってください。花はどこにいるのです」

「本所《ほんじょ》の実家に行かせました」

一成は焦って立ち上がった。

「母上はご存じないのですか。伯父上《おじうえ》は屋敷替えになり、本所には下々《しもじも》の者しかおりませぬぞ」

瑠璃は驚嘆の声をあげた。

「聞いていませぬ。いつのことです」

「ついひと月前です。母上に伯父上から文が届きましたから、ご存じとばかり思っていました」

「受け取っていませぬ」

「なんと」

「藤殿だわきっと」

瑠璃が言うと、一成は舌打ちをした。瑠璃の実家は千石取りの旗本だが、瑠璃は妾の子であるため藤が蔑み、兄で当主の秋月親正《あきづきちかまさ》から届いた文を捨てられたことがあったのを知っていたからだ。

「では母上は何も知らずに、花を伯父上に預けようとしたのですか」

瑠璃はうなずき、困り顔で言う。

「藤殿には黙っていて。こんな騒ぎになってしまったから、知られると何をされるかわからないわ」

「言うものですか」

応じる一成に、霞が心配そうに言う。

「花は今頃、どうしているのでしょう。伯父上がいらっしゃらないのなら、屋敷に入れないのでは」

一成は眉根を寄せた。

「近頃深川《ふかがわ》は、御用盗《ごようとう》なる輩《やから》が跋扈《ばっこ》して物騒だと聞いていますから心配です」

瑠璃は焦った。

「大変、どうしましょう」

「わたしが捜しに行きます」

行こうとする一成に瑠璃がしがみ付いた。

「いけませぬ。そんな危ないところに旗本の息子であるそなたが行けば、何をされるかわかりませぬ」

「しかし母上、花に何かあれば、それこそ罰を受けます」

「知らなかったとはいえ、そのような物騒なところに行かせてしまったわたしが悪いのですから、殿が許さぬとおっしゃるのなら甘んじて罰を受けます。それよりも、お前に何かあれば、それこそ母は生きていけませぬ」

涙を流して懇願された一成は、仕方なく、若党の大林小弥太《おおばやしこやた》に行かせると告げたのだが、これも瑠璃が拒んだ。

「それでは藤殿の耳に入ってしまいますから、ここは、兄に頼みなさい。今から文を書きますから、花を捜しに行くふりをして届けて」

「わかりました。急いでください」

瑠璃はうなずき、兄親正に文をしたため、封をして一成に託した。

急いで出かける一成を見送りに出た瑠璃は、屋敷の様子を探りに歩いた。

花の名を呼び続けて駆けずり回る下女たちの焦った顔を見て、唇に密やかな笑みを浮かべる。

「そう、花を死に追いやったのはお前たちだから、わたしの代わりに罰を受けるがいい」

瑠璃はそう言うと、奥御殿の廊下で指示を飛ばしている藤のことを、たくらみを含んだ顔で見つめた。

四

瑠璃の実家は本所だと信じて疑わない花は、大川《おおかわ》の橋を渡る駕籠に乗っていた。

方角に疎《うと》く、土地勘がまったくない花は、駕籠かきたちが進む町並みを見ていたが、どこをどう走ったのか把握《はあく》しておらず、瑠璃がくれた道順を見ても、大きな川を渡った、というくらいしかわからないのである。

だけど、気のいい駕籠かきたちのおかげで、怖くもなんともなかった。到着したら瑠璃の兄上が助けてくれるのだし、何より、地獄のような場所から出られたのが嬉しかった。

やがて駕籠は、商家が並ぶにぎやかな通りを外れて、武家屋敷が軒を連ねる静かな堀端の道を進みはじめた。

堀端に並ぶ柳がしだれた枝を風にそよがせ、長床几《ながしょうぎ》に腰かけて釣り糸を垂らしている侍がいた。

魚釣りはしたことがないが、戯作《げさく》の何かで読んだことがある花は、編笠《あみがさ》を被《かぶ》り、背中を丸めている侍はどこか暇そうで、文字通りの姿だと思い小さな感動を覚えた。

駕籠はその堀に架かる橋を渡り、さらに寂しげな道を進んだ先で止まった。

駕籠かきが言う。

「お客さん、道順だとこの屋敷ですがね、ここは空き家じゃねえですかい」

確かに武家屋敷なのに、表門の前は草だらけだった。門番もおらず、ひっそりとしていて人気《ひとけ》がない。

不安になった花は、駕籠かきたちに待っていてくださいと言って門の前に駆け寄り、脇門をたたいて声をかけた。

だが、聞こえるのは烏《からす》の鳴き声ばかりで返事はない。日が暮れはじめて薄暗い門前は、どこか不気味に思えてきた。

もう一人の、大人しそうな駕籠かきが、相棒に不安そうに口を開く。

「このあたりは近ごろ物騒だから、早く戻ろう」

応じた相棒が花に言う。

「お客さん、道順は合っているがどうなさるね。ここはどう見ても空き家ですよ」

瑠璃も長年実家に帰っていないはずだから、道を間違えたのだろうか。

薄暗く、人がいないこの場所に残されても困ると思った花は、駕籠かきに訊いてみることにした。

「旗本の秋月家の屋敷がこのあたりにあると思うのですが、ご存じないですか」

駕籠かきたちは顔を歪《ゆが》めて考え、首を横に振る。

「すいやせん、お武家のことはよくわからないんで」

大人しそうなほうに言われて、花は肩を落とした。

相棒が言う。

「自身番で訊けば、わかるんじゃねえか」

こう話している駕籠かきたちの背中を、少し離れたところで潜んで見ている者がいる。

町人の身なりをしているその男は、鋭い眼《め》を花に向け、懐《ふところ》に隠している刃物を摑んだ。

命の危険が迫っていることにまったく気付かない花は、駕籠かきたちに促《うなが》されて駕籠に乗った。垂れが下ろされた時、大人しそうな駕籠かきが、恐れた声をあげた。

「おい、妙な奴らがいるぞ」

「と、盗賊だ！」

相棒が叫び、二人は花を乗せた駕籠を担いで逃げた。

この騒ぎに機を失った怪しい男は、刃物を隠して見ている。その眼差しの先には、花の駕籠を追う連中がいる。

駕籠かきたちは、花を乗せた駕籠を担いで逃げられるはずもなく、すぐに追い付かれて囲まれてしまった。

恐ろしくて駕籠の中で身を縮めていた花は、垂れの隙間から外を見た。ごろつきのような五人の男が刀に手をかけ、行く手を阻《はば》んでいる。

その中の、背が高い男が厳しく問う。

「お前たち、ここで何をしている」

「へい、どうも道に迷ってしまったようで、困っていたところです」

相棒が愛想笑いを浮かべて答えると、黒の着物を着流した二十代の浪人風の若者が前に出てきて抜刀し、切っ先を向けて怒鳴った。

「嘘を申すな！　先ほどこの門をたたいていたであろう」

「ですからあっしらは、言われたとおりお客さんをお連れしただけです」

大人しそうな駕籠かきがそう言ったが、ごろつきの一人が怒鳴った。

「お前たち、駕籠かきに化《ば》けて正体を隠しておるな。このあたりを探っておるのであろう」

ごろつきたちが一斉に抜刀するのを見て悲鳴をあげた駕籠かきたちは、花を駕籠ごと見捨てて逃げていった。

ごろつきの一人が慌てた。

「おい！　駕籠を持って行け！」

「助けて！」

「盗賊だ！」

駕籠かきたちは気が動転しており、まったく耳に届いていないようだった。

「追いますか」

ごろつきが言うと、着流しの若者が駕籠に歩み寄って垂れを上げた。花が縮こまっているのを見て、目を大きく見開く。

「おい見ろ、奴らは本物の駕籠かきだぞ」

歩み寄ったごろつきが、花を見て愕然とした。

「そんな、確かに賊の仲間に見えたのですが」

「とんだ人違いだ」

若者がごろつきの男を睨み、花に向く。

「おい娘、顔を見せろ」

花はゆっくりと顔を上げた。

若者は、穏やかな口調で言う。

「ここで何をしていたのだ」

花は震える手で、瑠璃から渡されていた道順の紙を差し出した。

受け取って開いた若者は、厳しい顔で告げる。

「ここは盗賊の隠れ家だぜ」

驚いた花は若者の顔を見た。

「あなたがその盗賊ですか」

動転するあまり率直に問う花に、男たちは驚いた顔をしたが、すぐに愉快《ゆかい》そうに笑った。

「おれたちが盗賊か、そいつはいい」

そう言った若者は、腰に下げていた瓢簞《ひょうたん》を口に運んで何かを飲んだ。

それを見た花は、ごくりと空唾《からつば》を飲む。喉《のど》がからからだったのだ。

若者が瓢簞を差し出した。

「これは毒だぜ」

酒の匂いがしたので、花はいやそうな顔をしてうつむいた。

「出ろ」

言われるまま、草履を駕籠の外に揃えて立ち上がった花に、若者が竹筒を差し出す。

「こっちは水だから安心して飲め」

受け取って頭を下げた花は、飲みたくはなかったが、拒めば気を悪くされると思い喉の渇きを潤した。

若者が言う。

「秋月家の屋敷は、通りが二つ違うぞ」

花は水で濡れた唇を拭い、若者に答えた。

「駕籠かきのお二人が、間違えたのでしょうか」

若者は険しい顔をすると、花の手を摑んで歩きはじめた。

引かれるまま小走りした花が連れて行かれたのは、通りが二つ違うと言われた秋月家の屋敷だった。

手下の男が先に立ち、表の門扉をたたいた。

すぐに出てきた門番の前に、若者が花を連れて行く。

「自分で言いな」

花はそのとおりに、門番に頭を下げた。

「真島兼続の娘の花と申します」

すると門番は、無頼者《ぶらいもの》を見くだす目で若者たちを見ると、花に言う。

「なんの用かね」

「瑠璃様の兄上がお助けくださると言われて来たのです」

門番は、いぶかしげな顔をした。

「ここには小者《こもの》しかおらぬぞ」

花は困惑した。

「でも瑠璃様は、ここに来ればお助けくださると確かにおっしゃいました。これは、瑠璃様が書かれた道順です」

花が差し出した紙を見た門番は、迷惑そうな顔をした。

「これに書いてあるのは当家ではない。盗賊がねぐらにしている噂《うわさ》のある屋敷だ」

そう言った門番は、はっとした顔を男たちに向けて下がった。

「まさかお前たち、こんな小娘を使って押し入ろうという肚か」

「おい待て」

若者が否定するも、門番は焦った様子で中に向かって声を張り上げた。

「盗賊だ！　盗賊が来たぞ！」

花は若者を見た。

「やはり……」

「違う」

若者は否定すると、花の腕を摑んで走った。

仲間の男が驚いた。

「逃げるのですか」

「面倒だ」

花の手を離さずそう言う若者を追って、仲間たちも走る。

離れた場所で、追っ手が来ないのを確かめた若者は、膝に両手をついて身をかがめ、息を切らせている花に言う。

「お前、瑠璃という者に騙《だま》されたのではないか。奴ら、話を聞こうともしないではないか」

大きく息を吐いた花は、悲しくても涙は出ない。

若者が言うように、騙して盗賊の巣窟《そうくつ》に行かせようとしたのなら、その理由を知りたい。そう思った花は、顔を上げた。

真島家に帰ろうと決めて足を進めたのだが、今どこにいるのか、まったく見当もつかない。

そこで花は、巾着ごと小判を若者に差し出した。

「盗賊さん、これで、わたしを家まで連れて帰ってください」

若者は狐につままれたような顔をしたが、薄笑いを浮かべて言う。

「信じていいのか。隠れ家に連れて帰るかもしれぬぞ」

花は目を見て言う。

「悪い人には見えませんので」

はにかむ若者の後ろで、仲間たちが笑っている。

巾着を受け取った若者は、重みを確かめて言う。

「ずいぶん入っているな。どこで手に入れた」

「瑠璃殿にもらいました」

「ほおう、ならば、まんざら騙されたわけでもないようだ」

いいだろうと快諾した若者は、すっかり日が暮れてしまった道を歩き、途中で花を町駕籠に乗せた。

花は父の名前しか出していないが、若者は駕籠かきに、市ヶ谷御門前まで行けと命じた。

「父をご存じなのですか」

訊く花に、若者は笑って何も答えない。そして若者は、背後の道に警戒するような顔を向け、仲間が確かめに走った。

「怪しい者はいません」

帰ってきた仲間がそう言うと、若者は駕籠かきに夜道を急がせた。

花のそばから離れない若者の案内で左内坂をのぼった駕籠かきたちは、急な坂にもかかわらずさして疲れた様子もなく、花を降ろした。

若者は、暗い道に鋭い目を向けて何かを警戒している。

花が声をかける前に、若者が告げた。

「ここからは一人で帰れるだろう」

真島家の表門はすぐ近くにある。

花は、若者と仲間たちに頭を下げた。

「ありがとうございました」

若者は、花の立ち姿をしげしげと見て真顔で言う。

「察するに、家の者から良い扱いをされておらぬようだが、ほんとうに帰るのか」

「他に行くところがありませぬから」

うつむき気味に答える花に、若者は巾着をにぎらせた。

「これは持っておけ」

「でも」

「おれが持っていてもろくなことには使わぬ。それより、今日のような物騒なところには行かぬことだ。殺されても、盗賊の仕業にされて真相は藪《やぶ》の中だ。日本橋《にほんばし》に笹屋《ささや》という料理屋があるから、逃げたくなったらいつでも来い」

この人の優しい笑顔は本物だと、花はどういうわけかそう思うのだった。

達者《たっしゃ》で暮らせと言って帰ろうとする若者に、花は声を張った。

「あの、お名前は」

若者は一瞬だけ考える顔をして、

「早水《はやみ》遼太郎《りょうたろう》だ」

そう告げると左内坂に向かって歩きはじめた。

頭を下げる花に振り向いた仲間が、若者に言う。

「若様、わたしの爺《じい》様の名ではないですか」

その声が聞こえた花は、仲が良さそうに話しながら去っていく若者を見て、

「飲んだくれの若様」

と言い、暗い影を落とす屋敷を見上げると、とぼとぼ歩いて帰った。

物陰から出てきた町人風の怪しい男は、門番に招き入れられた花を見て舌打ちをし、
走り去った。

花が帰ったという知らせを一成から受けた瑠璃は、一人部屋に籠もり、霞さえも遠

ざけるのだった。蠟燭《ろうそく》の明かりに照らされた顔は、これまでひた隠しにしていた本性を抑えきれず、恐ろしい形相《ぎょうそう》になっている。

瑠璃がこの形相になったのは、ふきが存命の折、一度だけである。

誰にも触らせぬ手箱を取った瑠璃は、蓋を開け、手の平に乗る大きさの箱を取り出した。瑠璃しか開けることができない、秘密箱だ。

ひとつずつからくりを解いてゆき、蓋を引いて開けた瑠璃は、紅丸丹《べにがんたん》を見つめた。

「しくじったのなら、このわたしの手で……」

喉元まで出かかっていた言葉を飲み込み、唇を引き結んで目を閉じた。首を横に振って思いを抑え、箱を元に戻すと、別の桐の箱を風呂敷《ふろしき》で包み、妾宅を出て奥御殿に急いだ。

藤の前で正座し、首《こうべ》を垂れている花のことを、先ほどまで食事もせずに捜し回っていた女中や下女たちが、安堵の表情で見守っている。

「どこに行っていたのか、どうして言えないのです」

藤から厳しく問われても、花は押し黙っている。

見守っている下女たちの前を歩いた瑠璃は、地べたに正座している花を背後から抱きしめ、藤に微笑む。

「無事に戻ったのですから、もうよろしいではありませぬか。屋敷を抜け出したくなる理由は、誰もが知っているはず。今心配するべきは、花の気持ちでしょう。大橋殿が戻られれば、どうなることやら」

何も言えなくなる藤を見たお樹津が、花の前に来てひれ伏し、額を地面に打ち付けて詫《わ》びた。

「お許しください。もう二度といたしませぬから、どうか、このとおりです」

拝《おが》むようにして懇願するお樹津のことを、花は真顔で見ている。帰ってみると、皆の態度が一変していたからだ。

侍女の澤とお志乃も、花とまともに目を合わせられない様子で、うつむいている。

瑠璃が花に言う。

「皆の花に対する仕打ちが、お父上の耳に入ったのです」

瑠璃の顔を見た花の目から、涙がこぼれ落ちた。

そのほんとうの理由を知っている瑠璃は、小声で言う。

「ごめんなさい。兄が屋敷替えになっていたのを、知らなかったのよ」

瑠璃はそう言うだろうと思っていた花は、信じて良いか迷うのだが、優しい一成と霞の母親なのだから、嘘ではないと思い、微笑んで首を横に振るのだった。

これで少しは屋敷での扱いも変わってくれるだろうか。

そう願う花の心の中には、ある疑問が芽吹いていた。

それは、毒を盛られた瀬那の様子を見ていた時からだ。

この世には、瀬那や、先程の飲んだくれの若様のように、強く、心優しき人もいる。

あの人たちにくらべ、今こうして、目の前にいる者たちの花に対する態度の、なんと白々しいことか。心のこもっていない眼差しを改めて目の当たりにして、花は唇をすぼめ、考える。

そして、疑念は確信へと変わり、誰にも聞こえぬ声でつぶやいた。

「この中に、母を殺した者がいる」

己の命も危ういと思う花は、母の遺言どおり強く生きようと誓い、瞼を閉じた。

本書は、ハルキ文庫（時代小説文庫）の書き下ろし作品です。

時代小説文庫
さ 31-1

この世《よ》の花《はな》

著者
佐々木《ささき》裕一《ゆういち》
2024年9月18日第一刷発行

発行者
角川春樹

発行所
株式会社 角川春樹事務所
〒102-0074 東京都千代田区九段南2-1-30 イタリア文化会館

電話
03(3263)5247[編集] 03(3263)5881[営業]

印刷・製本
中央精版印刷株式会社

フォーマット・デザイン& シンボルマーク
芦澤泰偉

ISBN978-4-7584-4667-9 C0193

http://www.kadokawaharuki.co.jp/[営業]
fanmail@kadokawaharuki.co.jp[編集] ご意見・ご感想をお寄せください。

〈 髙田 郁の本 〉

みをつくし料理帖シリーズ

料理だけが自分の仕合わせへの道筋と定めた澪の奮闘と、それを囲む人々の人情が織りなす、連作時代小説の傑作！

八朔の雪
花散らしの雨
想い雲
今朝の春
小夜しぐれ
心星ひとつ
夏天の虹
残月
美雪晴れ
天の梯
花だより（特別巻）
みをつくし献立帖

時代小説文庫

ハルキ文庫

〈 髙田 郁の本 〉

あきない世《せい》傳《でん》金と銀シリーズ

「買うての幸い、売っての幸せ」を実現させていく、主人公・幸《さち》の商道を描いた大人気シリーズ。

①源流篇　⑧瀑布篇
②早瀬篇　⑨淵泉篇
③奔流篇　⑩合流篇
④貫流篇　⑪風待ち篇
⑤転流篇　⑫出帆篇
⑥本流篇　⑬大海篇
⑦碧流篇

契り橋　特別巻［上］
幾世の鈴　特別巻［下］

時代小説文庫
ハルキ文庫

坂井希久子の本

すみれ飴
花暦　居酒屋ぜんや

引き取ってくれた只次郎とお妙の役に立ちたい養い子のお花。かつてお妙と只次郎の世話になった薬問屋「俵屋」の小僧・熊吉。それぞれの悩みと成長を彩り豊かな料理と共に、瑞々しく描く傑作人情時代小説、新装開店です！

萩の餅
花暦　居酒屋ぜんや

早い出世を同僚に妬まれている熊吉。養い子故に色々なことを我慢してしまうお花。二人を襲う、様々な試練。それでも、若い二人は温かい料理と人情に励まされ、必死に前を向いて歩きます！　健気な二人の奮闘が眩しい、人情時代小説、第二弾！

時代小説文庫
ハルキ文庫